로크미디어가
유혹하는
재미있는 세상

ROK
MEDIA
로크미디어

만렙닥터 리턴즈

만렙 닥터 리턴즈 8

2022년 7월 8일 초판 1쇄 인쇄
2022년 7월 13일 초판 1쇄 발행

지은이 13월생
발행인 김정수 강준규

기획 이기헌 왕소현 박경무 강민구 조익현
책임편집 주현진
마케팅지원 이원선

발행처 (주)로크미디어
출판등록 2003년 3월 24일
주소 서울시 마포구 성암로 330 DMC첨단산업센터 318호
Tel (02)3273-5135 **편집** (070)7860-2726 **Fax** (02)3273-5134
홈페이지 rokmedia.com **E-mail** rokmedia@empas.com

ⓒ 13월생, 2022

값 8,000원

ISBN 979-11-354-7888-8 (8권)
ISBN 979-11-354-7400-2 04810 (세트)

ROK
MEDIA
크미디어

만렙닥터

13월생 현대 판타지 장편소설 **⑧**

리턴즈

Contents

새로운 시작

다사다난했던 한 해가 지나가고 드디어 맞이한 새해.

그렇게 쏘아 놓은 화살처럼 지나간 펠로우 1년 차.

이제 나는 새로운 세계에 첫발을 내디뎌야 할 때였다.

고함 교수 연구실.

"교수님, 잘 다녀오겠습니다."

난 예정했던 대로 올해부터 공보의(공중보건의) 생활을 시작해야 했다.

"허허, 벌써 그렇게 됐나? 이건 축하를 해야 할지, 위로를 해야 할지 모르겠군?"

고함 교수가 고개를 갸웃거렸다.

"반반이네요."

"반반? 그게 무슨 뜻이지?"

"헤헤, 당분간 교수님한테 잔소리 안 들어서 좋긴 한데, 반대로 그 잔소리 안 들으면 잠이 오지 않을 것 같기도 해서요."

"하아, 내가 잔소리가 그렇게 심했나?"

"ㅎㅎㅎ, 두말하면 잔소리죠."

"녀석! 그래, 어차피 가야 할 거면, 빨리 갔다 오는 게 좋지. 몸 성히 잘 다녀와라. 가끔 면회 가마."

"군대 가는 것도 아닌데요, 뭘."

"거기가 군대나 마찬가지지. 아무튼, 돌아와서 네가 맡을 몫이 커. 많이 보고, 많이 배우고 오길 바란다."

툭툭, 고함 교수가 어깨를 두드려 주었다.

"네, 그동안 건강하십시오. 너무 버럭 하지 마시고요. 가뜩이나 혈압도 높으시잖아요."

"헐, 내가 흉부외과 칼잡이야. 걱정할 걸 해."

"원래 등잔 밑이 어두운 법입니다, 교수님."

"아이고, 내가 말싸움을 해서 널 어떻게 이기겠니. 그만하자, 입만 아프니깐."

"넵! 그나저나, 올해는 과장님으로 승진하셔야죠."

"됐거든. 나 그런 거 귀찮아서 싫어. 평생 홀가분하게 평교수나 할란다."

"에이, 괜히 맘에 없는 말 하지 마시고요."

"흐흐흐, 들켰냐? 아무튼 너 간다고 하니까 내가 부모도 아닌데, 싱숭생숭하네? 퇴근하고 우리, 청수옥 가서 피 뚝뚝 떨어지는 선지나 한 사발 할래?"

"네, 좋습니다."

"좋아. 제자야, 오늘 진검 승부 한번 벌여 보자. 딱 대기 해!"

"네, 스승님!"

이제 고함 교수와 아쉬운 작별을 할 시간이었다.

그렇게 고함 교수에게 인사를 하고 나오자, 나기만이 기다리고 있었다.

"윤찬 선생!"

내 모습이 보이자 나기만이 반갑게 인사를 했다.

"네."

"아이고, 하도 바빠서 술 한잔도 못 했네. 아쉬워서 어쩌지?"

나기만이 흘러내리는 땀방울을 훔쳐 내며 말했다.

바쁘긴, 지금까지 여기서 기다리고 있었으면서?

"또 기회가 있겠죠."

"그러게. 그나저나 윤찬 선생이 우리 의국에서 차지하는 비중이 큰데, 이 일을 어쩌나? 든 자리는 몰라도 난 자리는 아는 법인데."

"형님이 잘 메워 주시리라 봅니다."

"뭐, 부족하지만 메워 보도록 노력을 해 봐야지. 그나저나, 나 지금 시간 좀 되는데, 김윤찬 선생 시간 괜찮으면 차나 한잔 할까? 술은 못 마셔도 차 한잔은 하고 보내야 덜 서운할 것 같아서 말이야."

"뭐, 그러시죠. 하늘공원으로 가실래요?"

"거긴 좀 그렇고, 좀 한적한 곳으로 가지. 특별히 윤찬 선생한테 할 말도 있고."

"그러죠, 뭐. 멀리 가야 하나요?"

"아니야. 내가 가끔 가는 한적한 카페가 있는데, 차로 한 10분 정도 이동하면 될 거야. 내 차로 가지."

"네, 그러시죠."

무슨 음흉한 짓을 하려고 그러나?

딱히 할 일도 없었지만, 궁금하기도 해서 그가 하자는 대로 했다.

♥

한적한 카페.

"여기 어때? 분위기 좋지?"

10분이면 된다더니 한 30분은 걸린 듯했다.

난 나기만과 함께 교외의 한적한 카페를 찾았다.

이런 취향이었군.

나기만이랑 함께 온 곳은 대충 80년대 분위기가 풍기는 곳이었다.

"네, 좋네요."

"그나저나 신줏단지도 아니고, 노트북은 왜 가지고 온 거야?"

나기만이 내 옆에 놓인 노트북 가방을 가리켰다.

여기에 카메라가 달려 있거든. 당신 같은 사람이랑 올 때, 필수품이지 아마?

"그냥요. 습관이 돼서 이게 없으면 허전합니다."

"하하하, 그런가?"

"네."

그렇게 나기만과 난 차를 마시며 시답잖은 농담 따위로 시간을 보낼 뿐이었다.

따분했다.

"이런 얘기는 병원에서 해도 되는 것 아닌가요?"

"후후후, 내 얘기가 따분했나 보군."

"뭐, 따분하기보다는 굳이 이런 대화를 나누려고 이 먼 곳까지 올 필요는 없지 않나 해서요."

"그러면 조금 구미가 당기는 얘기를 시작해 볼까?"

후르릅.

나기만이 찻잔을 들어 다 식어 빠진 남은 커피를 빨아들였다.

"글쎄요? 딱히 그런 이야기가 있을까요, 우리 사이에…….."

"한상훈 교수에 관한 건데도?"

쪽쪽, 남은 한 방울조차도 놓치기 아까운 듯, 커피 잔 밑을 드러내는 나기만이었다.

"그것도 별론데요."

"흐음, 이게 제갈공명의 비단 주머니가 될 수도 있어. 이걸 듣고도 그런 얘기가 나올까?"

틱, 나기만이 의기양양한 표정으로 소형 녹음기 재생 버튼을 눌렀다.

지난날, 서부지검에서 노인 환자를 데리고 왔을 당시, 자신과 한상훈 교수의 대화 내용을 몰래 녹음한 것이었다.

지금 나하고 뭐 하자는 수작질이야?

"이게 제갈량의 비단 주머니입니까?"

"뭐, 비단 주머니가 될 수도 있고, 독주머니가 될 수도 있지."

나기만이 거만한 표정으로 몸을 소파에 깊이 파묻으며 말했다.

"그렇군요. 그나저나 이걸 제게 들려주시는 이유가 뭔가요?"

"왜? 이제 좀 구미가 당기나?"

틱, 나기만이 스톱 버튼을 누르더니 녹음기를 주머니 속에 집어넣었다.

"아뇨, 구미가 당기기보단 의아해서요. 이 쓸데없는 걸 왜 내게 들려주시나 해서."

"하하하, 쓸데없는 거라? 정말 그렇게 생각하나?"

"뭐, 딱히 유용해 보이진 않네요. 이게 절 이 먼 곳까지 데리고 온 이유입니까? 이게 다예요?"

"후후후, 난 지금 윤찬 선생을 도와주려는 거야. 같은 편으로서."

나기만이 능글맞은 표정으로 자신의 턱을 긁적거렸다.

"같은 편이라? 그게 가능하겠습니까?"

"불가능할 것도 없지. 3년이란 시간은 짧다면 짧은 시간이지만, 김윤찬 선생만 좋다면 멍청한 꼰대 하나 날리기엔 충분한 시간이지. 그러면 자네나 나나 소기의 목적은 달성하는 거 아닌가?"

지금 나를 위해서 한상훈 교수를 날려 주시겠다?

그러니까 자기 밑으로 들어와라 그건가?

세상에 어떻게 호랑이가 똥개 새끼 밑으로 들어가나?

"고맙게도 절 위해 한상훈 교수님을……."

"아아! 그거야 김윤찬 선생 하기 나름이지. 김윤찬 선생이 진정으로 내 사람이 되어 줄 수 있다면, 못 할 것도 없지만 말이야."

"아, 그렇군요. 근데 이 일을 어떡하죠?"

"왜? 겁이 나나?"

나기만이 한쪽 입꼬리를 살짝 말아 올렸다.

"뭐, 그런 건 아니고. 저도 형님이 가지고 계신 거랑 비슷한 것을 가지고 있어서 굳이 이런 게 필요하진 않을 것 같네요."

"뭐? 비슷한 거?"

"네, 잠시만요. 보여 드릴게요."

딸각.

난 노트북 전원을 켜고 한상훈의 목소리가 담긴 녹음 파일을 재생했다.

"뭐, 뭐야, 이건?"

"뭐긴요, 형님이 가지고 계신 것보다 좀 더 세 보입니까?"

"아, 아니, 흠흠, 이걸 나한테 보여 주면 곤란할 거란 생각은 안 하나?"

"글쎄요? 뭐, 맘대로 하시죠. 이거 한상훈 교수님도 복사본 하나 가지고 있거든요. 그나저나 어쩝니까, 한상훈 교수는 형님이 이런 파일을 가지고 있을 줄은 꿈에도 모를 텐데 말이에요."

"……."

"알면 형님이 좀 곤란하시겠죠, 그죠?"

"흠흠흠, 지, 지금 날 협박하는 건가?"

"협박은 형님이 먼저 하셨던 것 같은데요?"

"그, 그게 아니라, 난!"

"네네, 원래 박쥐들이 그럽디다. 이리 붙었다가 저리 붙었다가!"

"지금 말이 너무 지나친 것 아닌가?"

"뭐, 그건 편한 대로 생각하시고요. 그냥 제 사견일 뿐이니 괘념치 마십시오."

"……."

"아무튼, 전 형님이 한상훈 교수를 구워 먹든 삶아 먹든, 곁에 붙어서 피를 빨아먹든 아무런 관심이 없어요."

"흠흠, 그, 그러면 오늘 일은 없던 걸로 하겠다는 건가?"

나기만이 급격히 태도를 바꿨다.

"말했잖습니까, 전 두 분한테 아무런 관심이 없다고요."

"못 들은 걸로 해 주겠다는 거지?"

이런 인간이 한상훈을 잡아? 지나가던 개가 웃겠다. 한심한 인간!

"제 귀가 삐구도 아니고, 들은 걸 어떻게 못 들었다고 합니까?"

"뭐, 뭐라고? 그럼 지금 이걸 한 교수한테 말이라도 하겠다는 건가?"

울먹거리는 모습이, 꼭 툭 치면 눈물샘이 터져 버릴 것 같았다.

"농담이에요, 농담! 그냥 흔한 야동 한 편 봤다고 생각하겠습니다."

"저, 정말이지?"

그제야 마음이 놓인 듯, 나기만이 얼굴을 풀었다.

그러니까 본전도 못 찾을 이런 짓을 왜 하니, 인간아!

"네. 그러니까 앞으로 제 옆에서 얼쩡거리지만 않으면 돼요. 저 원래 박쥐 무지하게 싫어하거든요. 어쩌면 구워다가 우한수산시장에 내다 팔지도 몰라요."

"……."

나기만은 붉으락푸르락한 얼굴로 어쩔 줄을 모른 채 아무 말을 하지 않았다.

"후우, 더 이상 하실 말씀 없으시면 가죠? 찻값은 형님이 내시는 겁니다. 원래 먹자고 하는 사람이 내는 거니까. 그렇죠?"

"아, 알았어. 다만, 오늘 일은 없었던 걸로 해 주겠다고 다시 한번 약속해 줘."

치시한 인간, 이런 걸 찻값을 가지고 흥정을 하냐?

"네네, 그건 걱정 마세요. 저, 오늘 야동 한 편 봤다니깐요? 그러니까 제가 그 야동 내용을 어디 가서 떠들지 않도록, 몸가짐 좀 바르게 하세요. 의국도 열심히 잘 챙기시고요. 네?"

"……."

이렇게 나기만과 나와의 관계 정리는 대충 마무리 지은 것 같았다.

❤

다음 날, 흉부외과 의국.

의국은 정말 독특한 조직이다.

흔히들 의국을 조폭들의 본거지라고 부른다.

흰 가운만 입었을 뿐, 그 속은 언제든지 잡아먹을 듯이 아가리를 벌리고 있는 악어라고나 할까?

아무튼 그만큼 의국은 폭압적이며 권위적이고, 비인간적이며 비양심적인 곳이었다.

교수가 앞장서고 그 뒤에 주욱 늘어선 의사들을 보았는가?

과장, 정교수, 부교수, 임상교수, 전임의, 전공의 그리고 맨 마지막 인턴까지.

그 모습은 흡사 피라미드를 눕혀 놓은 것 같지 않은가?

바로 이것이 의국이라는 곳의 정체였다.

의국의 보이지 않는 서열.

아니 어쩌면 아이러니하게도 보이지 않아 더 눈에 잘 띄는 조직일지도 모르겠다.

의국은 분명 의사들의 조직체다.

따라서 의국은 의사들의 권위를 대표해야겠지만, 오히려 의사들의 눈과 입을 막아 버리는 장벽이 되기도 한다.

전공의, 전임의 심지어 교수들까지도 의국이란 미명하에 희생을 강요당하기도 한다.

의국원이기 때문에 받아야 하는 불이익도 그만큼 크다.

병원은 의국에 많은 권한을 위임한다.

전공의, 전임의, 교수 임용권까지.

따라서 이렇게 독립적인 권한을 위임받는 대신, 그에 따른 책임도 막대하다.

지금처럼 내가 공보의로 빠져나가면서 구멍이 생겨 버리면 의국은 자생적으로 그 구멍을 메워야 한다.

병원은 절대 새로운 피를 수혈해 주지 않으므로.

한 사람이 빠져나가면 나머지 의국원들이 메우는 구조가 될 수밖에 없다.

따라서, 모든 의국원들이 나의 공백을 아쉬워할 수밖에 없다.

그건 헤어짐에 의한 인간적인 아쉬움이 아니다.

내가 맡던 역할을 누군가가 떠맡아야 한다는 압박감일 것이다.

쉬는 시간이 줄어들고, 쉬는 날이 지워질 테니.

어찌 아쉽고 또 아쉽지 않을 수 있겠는가?

"어휴, 윤찬이 나가면 어쩌냐? 안 그래도 펠로우는 항상 기근인데."

"그러게 말이야. 그나마 윤찬이가 중간에서 버퍼 역할 잘해 줬는데, 이젠 죽었네."

"그나저나 당연히 인원 충원은 없겠지?"

"바랄 걸 바라라. 지난번에 이택진 나갈 때 이미 하나 받았잖아."

"어휴, 나기만 선생?"

"그럼 누가 또 있냐?"

"관둬라. 그게 어디 후배냐, 상전이지? 나이는 좀 많아?"

"하긴, 아무튼 윤찬이 공백은 좀 크네."

❤

"윤찬 선생, 잘 가! 건강 잘 챙기고!"

그나마 홍순진 선생은 나와의 이별이 아쉬운가 보다.

홍순진 선배가 내 손을 잡고서 연신 훌쩍거리며 말을 이었다.

"네, 선배님! 조만간 장대한 선배님 똑 닮은 2세가 세상 빛을 보겠군요?"

난 제법 부풀어 오른 홍순진 선배의 배를 가리켰다.

"야, 그런 망발을! 호러 영화냐? 제발 그런 악담은 하지

마. 우리 사랑이 들을라."

"내가 뭐 어때서? 우리 사랑이가 아빠를 닮는 건 자연의 섭리야."

"어이없군. 장대한 씨, 우리 사랑이, 딸이야!"

하하하.

"딸이 뭐 어때서? 어?"

"됐어요. 아들이라도 당신 닮으면 망이야. 평생 새끼한테 원망 들을 일 있어?"

"젠장, 내가 뭐 어때서?"

장대한 선배가 입을 삐죽거렸다.

"윤찬아, 정말 몸 성히 잘 다녀와야 한다?"

"네에."

"어휴, 그동안 우리 윤찬이 보는 맛으로 다녔는데, 이제 무슨 낙으로 사니? 응?"

홍순진 선배가 아쉬운 듯 내 볼을 어루만져 주었다.

"헤헤헤, 제가 뭐 죽으러 갑니까? 3년 금방 지나갈 겁니다."

"그래, 그날만 손꼽아 기다리 마. 몸 풀고 나면 면회 한번 갈게. 너도 조카 얼굴은 한번 봐야지."

"흐흐흐, 사랑이 정서에 별로 좋지 않아요. 데리고 오지 마세요. 오시려면 혼자 오시든가요."

"그런가? 발령받은 데가 교도소라고 했지?"

"네, 교도소 맞습니다."

맞다!

난 경촌교도소 의무과 공중보건의로 발령받았다.

경촌교도소

내 고향 정선에서 얼마 멀지 않은 곳.

버스로 대략 40분 정도만 가면 닿을 수 있는 곳에 이 교도소가 있다.

회귀 전, 3년 동안 몸담았던 이곳을 다시 오게 됐다.

조폭을 시작으로 사기, 폭행, 마약 사범, 심지어 살인을 저지른 무기수까지.

다양한 인간 군상이 사회로부터 격리되어 갱생이라는 명목으로 모여 있는 이곳.

이곳에 발을 디딘 모든 수형자는 오로지 출소일만 기다리며 하루하루를 보낸다.

하지만 정말 아이러니하게도, 다시는 돌아오지 않겠노라

굳게 다짐했던 그들은 얼마 지나지 않아 다시 이곳으로 찾아온다.

심지어 출소 당일 동일한 범죄를 저지르는 사람들도 있었으니까.

그런 이들은 관성적으로 범죄를 저지른다.

어쩌면 애초에 DNA 속에 범죄가 각인되어 있는지도 모르겠다.

아무튼 그들은 다시 돌아왔다. 온몸에 상처를 입으면서까지 강을 역류해 돌아오는 연어처럼.

이곳은 자의든 타의든 그들의 고향이 되어 버렸는지도 모르겠다.

재범, 3범, 4범······.

그들은 그렇게 점점 사회와 멀어져 가고 있었다.

일반적으로 교도소 공보의는 의사들이 가장 꺼려 하는 일 중에 하나다.

나 역시 회귀 전에 교도소 의무관으로 발령받았을 때, 짜증이 밀려왔던 기억이 난다.

하지만 꼭 나쁜 면만 있는 것은 아니다.

수형자들은 의외로 순수(?)했고 온순했다.

규칙적인 생활과 꾸준한 운동, 적절하게 안배된 식단으로 인해 대부분의 수형자는 건강했다.

당연히 교소도 내 술, 담배는 금지.

그래서 그들은 이곳을 휴양지라고 부르기도 한다.

사회에 있을 때보다 교도소에 있을 때, 더 건강해지는 사람들도 적지 않으니 아주 틀린 말은 아닌 것 같다.

물론, 기상천외한 방법으로 강아지(담배의 은어)를 피우는 재소자들도 있다.

하지만 어찌어찌해서 담배를 구한다 해도 담뱃불을 붙여 태우는 건 또 다른 문제였다.

성냥이나 라이터도 불법 소지물이었으니까.

그런 그들은 아이디어를 쥐어짜 낸다.

끝끝내 담배를 피우겠다는 의지는 신박하다 못해 처절하다.

취사반 잔반 창고로 가서 은박지를 구한 다음, 이 은박지를 두 개의 건전지로 연결해 불꽃을 만들어 담배를 피웠으니까.

하지만 이런 방법도 소수 몇몇의 특권일 뿐, 대부분의 재소자는 술, 담배를 하지 않는다. 아니, 못 한다.

그 말은 내가 할 일이 별로 없다는 걸 의미했다.

게다가 사회에서처럼 보호자들의 눈치를 볼 일도 없다.

나는 출근 시간에 출근해, 칼같이 퇴근해 관사로 돌아간다.

야근 같은 건 없다.

당연히 응급 환자 긴급 호출도 없다.

손에 피를 묻힐 필요도 없으며, 메스를 쥘 일도 없다.

그저 배 아프면 소화제, 머리 아프면 두통약, 감기 걸리면 타이레놀을 처방해 주면 그만이었다.

그리고 퇴근하고 관사로 돌아가면, 난 더 이상 재소자들의 건강을 신경 쓸 필요가 없었다.

그들의 건강은 그들의 몫이니까.

두통, 복통, 감기 정도의 가벼운 증상은 교도관들이 알아서 해결한다.

물론 불법이지만, 그걸 굳이 마다할 공보의는 거의 없었다.

눈감고 귀를 막았었고.

그냥 적당히 현실과 타협했었다.

그만큼 정의감이 불타오르는 의사도 없었을뿐더러, 3년간 적당히 지내다 나가면 그만인 곳이니까.

따라서, 적당히만 비비면 세상 그런 호사가 없었다.

인턴, 레지던트 생활 동안 못 잤던 잠. 벽에 머리만 대도, 아니 그냥 서서도 짬만 나면 깊은 잠에 빠졌던 그런 비참한 삶은 이곳에는 없었다.

질리도록 잘 수 있었으며, 보고 싶은 책은 마음껏 볼 수 있었다.

즉, 회귀 전 교도소 의무관 생활은 속된 말로 땡보직이자,

꿀이었다.

♥

교도소장실.

교도소장 허세.

머리는 2 대 8 가르마에 포마드를 잔뜩 처발라 언제나 번들거렸으며, 그의 책상 위 모든 물건은 언제나 그 자리에서 한 치의 오차도 없이 각 잡혀 있었다.

책상 뒤 정중앙에 걸려 있는 모범 교도소 표창장이 번들번들하다.

허세 소장이 신줏단지처럼 모시는 보물 1호로, 하루에도 수십 번씩 그것을 닦고 또 닦는 것이 그의 낙이다.

겉으로 보기엔 빈틈없이 치밀해 보였으나, 승부욕이 강하고 단순했으며 곳곳에 구멍이 숭숭 뚫린 허당 중에 허당으로 기억되는 캐릭터였다.

이런 사람을 다루는 방법은 간단하다.

"환영합니다, 김윤찬 선생!"

허세 소장이 반갑게 날 맞아 주었다.

"네, 소장님!"

"앉아요."

소파에 앉을 때도 손수건을 꺼내 먼지를 닦아 낼 만큼 허세 소장은 병적인 결벽주의자였다.

"네."

"어디 보자. 흉부외과 전공하셨구나?"

허세가 소파에 다리를 꼬고 앉아 내 인적 사항을 들춰 보았다.

손을 대면 베일 것 같은, 칼같이 잡힌 바지 주름이 인상적이다.

물론 구두는 파리가 앉았다가는 낙상할 것같이 광이 번쩍거렸다.

"네, 그렇습니다."

"흐음, 우리 교도소는 외과 선생보다는 내과나 가정의학과 선생이 좋긴 한데."

입술을 씰룩이는 허세 소장.

마음에 들지 않을 때 나오는 그의 습관이었다.

"일반의 자격증이 있어서 내과나 가정의학과 진료도 볼 수 있습니다."

"뭐, 그럴 수도 있겠군요."

여전히 시큰둥한 반응이었다.

"네, 최선을 다하겠습니다."

"그래요, 뭐. 그래도 연희병원 같은 대형 병원 출신이시니 기대해 보겠습니다. 그나저나, 연희 같은 대형 병원 출신들은 보통 대도시 보건소로 가지 않습니까?"

어떻게 교도소에 오게 된 거냐는 말일 것이다.

즉, 무슨 하자가 있냐는 말이기도 했다.

회귀 전에는 재수가 없어서였고, 지금이야 당연히 자원이지.

"음, 듣자 하니 이곳이 전국에서 가장 모범적인 교도소라고 하더라고요. 그래서 이곳에 지원하게 됐습니다."

"그래요? 그런 소문이 거기까지 났어요?"

"네! 저 표창장이 모든 것을 증명하고 있잖습니까? 게다가 소장님 이하, 전 교도관들의 헌신적인 노력으로 최고의 교도소란 말을 들었습니다. 선배들이 그러더라고요. 그곳에 발령받아 가면 배울 게 많을 거라고."

"하하하하, 쑥스럽군요. 그 정도까진 아닌데."

아니긴.

지금이라도 당장 승천할 것처럼 허세 소장의 광대가 솟아올랐다.

아무리 생각해도 참, 다루기 쉬운 사람이었다. 허세 소장이란 사람은.

"아무튼, 잘 부탁드립니다."

"그럼요! 생긴 것도 잘생겼고, 연희병원 출신이면 실력도 출중할 테니, 든든합니다, 김윤찬 선생!"

허세 소장은 이렇게 입에 발린 말 몇 마디 던져 주면 헤헤거리는 단순한 스타일이었다.

나를 바라보던 허세 소장의 의심 어린 눈빛을 바꾸는 데는 많은 노력이 필요치 않았다.

그저 입에 발린 몇 마디 칭찬이면 족했다.

전에도 이랬으면 교도소 생활이 달라졌을 텐데.

쩝, 그땐 왜 그걸 몰랐나 몰라?

"네, 열심히 하겠습니다."

"그래요. 우리 교도소는 다른 곳에 비해서 참 편할 겁니다. 재소자 대부분이 모범수고 다들 규칙적인 생활로 건강하니까요. 내가 부임한 이래로 불미스러운 일이 단 한 건도 없었습니다."

"아, 그렇습니까? 정말 대단하십니다."

"뭐, 대단할 것까진 없지만, 위에서 다들 어느 정도 인정하긴 하지요. 그나저나, 관사는 마음에 드십니까? 재소자들 시켜서 정리를 해 두긴 했는데."

"네, 아담하고 좋더군요."

"그래요! 내가 김윤찬 선생한테 기대하는 바가 아주 큽니다. 일하시다 궁금한 거 있으면, 김봉구 계장이랑 상의하시면 됩니다. 김 계장이 친절하게 잘 도와줄 겁니다."

김봉구 계장, 교도소 내 의무행정을 담당하는 교도관이었다.

"네, 그렇게 하겠습니다."

"여기 계시는 동안, 한 가족처럼 잘 지내보십시다."

허세 소장이 손을 뻗어 악수를 청한다.

평소 손에 땀이라도 묻을세라 곧바로 손수건을 꺼내 닦아내는 그가 말이다.

그런 그가 악수를 청한다는 건, 내게 호감을 보인다는 뜻일 터.

난 앞으로 좀 더 편할 것 같다.

"네, 소장님."

"그나저나 우리 윤찬 선생, 바둑은 좀 두시나?"

음, 바둑이라⋯⋯.

당연히 둘 줄 알지.

어렸을 때 각종 바둑 대회에 나가서 수상할 정도였으니까.

지금은 어떨지 모르지만 한때 바둑 신동이란 소리를 들었던 나다.

바둑을 두지 않은 지 꽤 되긴 했어도, 아마 3단 정도의 실력은 될 거다.

내가 이기면 오기로, 자기가 이기면 흥분해서 하루 종일 붙들고 있었던 기억이 징글징글했다.

그렇다면 차라리 이 방법이 낫지.

"아⋯⋯. 오목이나 알 까기는 좀 하는데, 바둑은 잘 모릅니다."

"하하하, 오목, 알 까기?? 이 친구, 재밌는 친구구먼. 그러면, 내가 바둑을 좀 가르쳐 줄까? 바둑판은 말하자면 인생의 축소판이야. 그 안에 삼라만상의 오묘한 이치가 숨겨져 있다고."

내 기억으론 못 두는 편은 아니지만 기껏해야 한 3급 정도 되는 실력이었던 것 같은데?

"아, 그렇습니까? 가르쳐 주시겠습니까?"

"그럼, 당연하지. 지금부터 차근차근 배워 나가면, 3년 후면 한 5급은 될걸. 그만하면 어디 가서 빠지지는 않는 실력이지."

역시, 그냥 적당히 아둔한 척하면 포기할 성격의 인간이었다.

"그렇습니까? 그러면 잘 부탁합니다."

"껄껄껄, 난 이렇게 싹싹하고 겸손한 사람이 좋아. 김윤찬 선생, 이거 정말 맘에 드는데?"

허세 소장이 환하게 웃었다.

"네, 저도 소장님이랑 친하게 지내고 싶습니다."

"좋아요, 좋아! 아주 좋아!"

허세 소장이 입가에 만족스러운 미소를 띠었다.

며칠 후, 교도소 의무실.

이곳 교도소에 발령받으면 제일 먼저 해야 할 일이, 각종 의약품의 반입 반출 현황 확인이다.

특히, 진통제나 수면제 그리고 감기약은 주요 관심 품목이었다.

감기약도 다량 복용하면 마약만큼이나 위험할 수 있기 때문이다.

간혹, 마약 사범과 교도관, 혹은 재소자들 간에 밀거래가 이뤄지기도 하는 위험한 품목 중에 하나였다.

보통의 방식은 음식물 쓰레기 수거 용역 직원과 결탁해 몰래 반입하는 것이었다.

"선생님, 여기 교도소 내 의약품 구매 및 사용 대장입니다. 한번 살펴보시죠."

김봉구 계장이 두툼한 검은색 서류철을 나에게 넘겨주었다.

김봉구 계장.

그는 이곳에서 근무한 지 5년이 넘은 베테랑 교도관이었다.

이름 그대로 곰돌이 푸우 같은 푸근한 몸매에 축 처진 눈꼬리가 참 선해 보이는 사람이었다.

인정이 많고 친절해 재소자들 사이에서 인기가 많은 교도관이었다.

"네, 알겠습니다."

잠시 후, 서류철을 살펴본 결과 별 특이한 점은 찾아낼 수 없었다.

"음, 정리가 잘되어 있네요. 이곳 재소자분들이 대체적으로 건강한가 봅니다. 선배들이 그러던데 보통은 사역하면서 다치기도 하고, 심지어 봉와직염 같은 심각한 병도 자주 걸린다고 하더라고요. 그런데 그 흔한 항생제 처방도 거의 없네요?"

"그렇습니다. 워낙 재소자들이 모범적으로 수형 생활을 하는지라, 큰 사건이나 사고 한 번 없었어요. 아무래도 그렇다 보니 약을 덜 쓰게 되더라고요. 기껏해야 감기 정도니깐요."

김봉구 계장이 사람 좋은 미소를 흘렸다.

"그렇군요. 계장님이 잘 보살펴 주셔서 그런가 봅니다."

"아우, 아니에요! 우리 교도소 재소자들이 다들 심성도 착하고, 근본은 선한 사람들입니다. 우리가 진심으로 대하면, 그들도 보답하더라고요."

헤헤헤, 김봉구 계장이 환하게 웃었다.

"그러기가 쉽지 않은데, 정말 대단하시네요."

"아뇨, 아뇨! 그냥, 다들 동생들 같고, 형님 같고 그래서 그렇습니다."

김봉구 계장이 쑥스러운 듯 연신 손사래를 쳤다.

김봉구 계장의 말대로 내가 이곳에 온 지 며칠이나 지났음에도 불구하고, 의무실을 찾아오는 환자는 단 한 명도 없었다.

그렇게 시간이 흘러 며칠 후, 마침내 첫 환자가 의무실을 찾아왔다.

깡마른 체구에 위로 쭉 찢어진 눈매, 거기에 삐져나온 코털까지.

국어 시간에 배웠던 김동인의 '붉은 산'에 나오는 빌런 익호를 닮았다.

수형번호 3241, 그의 이름은 조진규였다.

"3241! 의무관님한테 증세 말씀드리도록!"

"죄송하지만, 교도관님은 밖에서 기다리시면 안 되겠습니까?"

"뭐라고?"

의무실에는 주사기, 바늘, 기타 등등 위험한 것들이 많다.

이 때문에 불미스러운 일을 미연에 방지하기 위해 교도관이 옆에서 대기하고 있는 것이 일반적이었다.

"아니, 설까 수형자들도 인권이라는 것이 있는 것 아닙니까? 아무리 같은 남자들이지만 웃통 까뒤집고, 엉덩이 까고

주사도 맞을지도 모르는데 이건 인권침해 아닙니까?"

"뭐, 뭐라고? 지금 인권침해라고 했어?"

"네, 그랬습니다. 물론 죄짓고 이곳에 들어왔지만, 우리도 사람입니다."

"야! 3241!"

조진규의 말에 김 교도관이 발끈하며 나섰다.

"교도관님, 괜찮습니다. 잠시 나가 계세요."

"네?"

"3241의 말이 맞습니다. 환자의 진료 사항은 법적으로 보장받도록 되어 있습니다."

"아니, 그게……."

"괜찮아요. 혹시라도 무슨 일이 생기면 바로 들어오시면 되지 않습니까?"

"하아, 네. 알겠습니다. 3241! 불손하게 굴지 말고 최대한 예의를 지켜라? 나 바로 밖에서 대기하고 있을 테니까."

"저 같은 무식한 놈이 고매하신 의사 선생님한테 무슨 짓을 하겠습니까. 걱정 붙들어 매십시오. 게다가, 이런 꼴로 제가 뭘 하겠습니까?"

3241이 성의 없이 고개를 끄덕이며 포승줄에 묶인 양팔을 들어 올렸다.

"알았어. 확실히 해라. 괜히 출소 앞두고 허튼짓하지 말고?"

"알겠수다."

"3241, 어디가 불편합니까?"

교도관이 밖으로 나가자 난 3241에게 물었다.

하늘색 죄수복에 노란색 수번(수감번호).

즉, 기결수에 5대 강력범이란 뜻이었다. 보통은 조직폭력 배일 가능성이 높았다.

"감기약 좀 주십시오."

감기약이라니?

증세를 물었으면 아픈 곳을 말해야 하는 것이 맞지 않은 가?

하지만 3241은 의자에 몸을 기댄 채, 태연한 표정으로 감 기약을 달라고 했다.

"어디가 불편한지 먼저 말씀해 주십시오. 그래야 약을 처 방하든 진료를 하든 할 것 아닙니까?"

"그냥, 감기약이나 몇 알 주시죠?"

"감기인지 아닌지는 제가 진단을 해 보고 결정하겠습니 다. 다시 묻겠습니다. 3241! 어디가 불편합니까?"

이럴 경우, 기세 싸움에서 밀리면 끝장이다.

난 좀 더 단호한 어조로 반복해 물었다.

"……여기 오신 지 며칠 되셨습니까?"

피식, 조진규가 기분 나쁘게 한쪽 입꼬리를 말아 올렸다.

자신의 존재를 각인시키려는 의도였으리라.

"내가 당신한테 그걸 설명해야 합니까?"

"아니, 설명할 필요까지는 없지만, 알고는 있어야지. 내가 누군지는."

조진규가 슬쩍 상의 단추를 두어 개 풀어 조악한 문양의 문신을 내보였다.

알지, 잘 알지. 너 같은 개양아치를 내가 왜 모르겠니?

"3241, 적절한 언어를 사용하시기 바랍니다!"

"적절한 용어를 사용하시기 바랍니다아~. 아이고, 무서워라. 죄송합니다요."

조진규가 빈정거리며 내 말투를 흉내 냈다.

"앉은 자세 똑바로 하십시오."

"이보세요, 풋내기 의사 양반, 은근 파이팅 있네? 근데 사람 잘못 봤어. 여기가 어딘지 모르나 본데, 그냥 똥폼 잡지 말고 조용히 있다가 가쇼, 응?"

여태까지 여기 왔던 공보의는 당신의 어설픈 협박에 넘어 갔겠지. 예전의 나 역시 그랬으니까.

"마지막으로 경고합니다. 말투, 태도 단정히 하십시오!"

"하아, 진짜! 됐고! 해롱이나 한 열흘 치만 달라니깐? 그럼 오라고 해도 안 온다고! 내 말이 무슨 뜻인지 몰라?"

조진규가 짜증 난다는 듯이 손을 내저었다.

일명 해롱이!

슈도에페드린염산염이 포함된 감기약을 일컫는 이곳의 은어였다.

에페드린은 코감기에 사용되는 성분으로, 필로폰과 그 성분이 똑같다.

간단한 화학 지식으로도 순도 높은 필로폰을 만들어 낼 수 있었고, 굳이 그런 수고를 들이지 않더라도 한 번에 다량으로 복용하면 필로폰과 같은 환각 작용을 일으킬 수 있는 약이었다.

조진규의 목적은 바로 이것이었다.

마약 사범들을 대상으로 해롱이 장사를 하겠다는 의도였으리라.

"음성으로 판단하건대, 코막힘 증세가 없는 것 같은데요?"

"에이씨, 뭐가 이렇게 복잡해? 그냥, 전임 공보의처럼 대강대강 하자고! 어?"

상황이 자기 뜻대로 되질 않자 부아가 치미는지 조진규가 자리에서 벌떡 일어났다.

"3241! 자리에 얌전히 앉아! 진료를 받든가, 아픈 곳 없으면 당신 방으로 돌아가! 김 교도관님……."

조진규는 더 이상, 인간적인 대우를 해 줄 필요가 없는 사람이었다.

바로 그 순간이었다.

쾅!

내 말이 떨어지기가 무섭게 조진규가 책상 모서리에 자신의 이마를 박아 버렸다.

주르르륵, 어느새 그의 이마에서 피가 흘러내리기 시작했다.

너무나도 순식간에 벌어진 일이라 내가 차마 손쓸 겨를이 없었다.

"지금 뭐 하는 거야?"

퍽퍽!

조진규가 내 말에는 아랑곳하지 않은 채, 포승줄에 묶인 자기 주먹으로 자신의 얼굴을 세차게 쳤다.

순식간에 조진규의 볼이 벌겋게 달아올랐다.

"3241, 그만두지 못해!"

"놔! 놓으라고! 이거, 수형자라고 너무하는 거 아니야? 이렇게 아무 죄 없는 사람 패도 되나?? 아이고, 사람 죽네! 죽어!"

퍽퍽퍽, 조진규가 더욱더 목소리를 높이며 소리를 꽥 질렀다.

쾅!

"무슨 일이십니까?"

그 소리에 화들짝 놀란 김 교도관이 의무실 안으로 들어왔다.

"교도관님, 이걸 좀 보십시오! 우리가 아무리 힘없고 **빽** 없는 놈이라지만, 이렇게 구타를 해도 되는 겁니까? 의무관이면 사람을 막 패도 돼요?"

교도관이 들어오자 조진규가 울며불며 난동을 피웠다.

"3241, 그게 사실이야?"

"그럼요, 당연하죠! 몸이 으슬으슬 춥고 몸살기가 있어서 감기약을 좀 달라고 했더니, 말하는 태도가 불손하다면서 다짜고짜 주먹이 날아오더라고요."

조진규가 퉁퉁 부은 자신의 뺨을 내밀었다.

"정말이야?"

"네네, 제가 왜 쓸데없이 거짓말을 하겠습니까?"

"알았어. 일단, 이걸로 피부터 닦아."

"네."

"아! 아! 쓰라려!"

넌, X 됐어!

분명 그런 뜻을 품은 눈빛이었다.

김 교도관이 뒤로 돌아선 채 주머니에서 손수건을 꺼내 건네자, 조진규가 비릿한 미소를 흘리며 가운뎃손가락을 들어 올렸다.

"선생님, 이게 어떻게 된 겁니까? 3241의 말이 사실입니까?"

김 교도관이 반신반의하는 표정으로 물었다.

"지금 그걸 말이라고 합니까?"

"아니, 전 뭐, 당연히 그럴 리야 없겠지만, 저 몰골을 봐서는⋯⋯."

김 교도관이 곤죽이 된 조진규의 얼굴을 가리켰다.

"저 사람이 자해한 겁니다. 이유는 모르겠지만."

"자해요? 3241! 공보의 선생님의 말이 맞아?"

김 교도관이 나와 조진규를 번갈아 쳐다보느라 바빴다.

"아, 시팔! 미치겠네? 내가 미쳤어요? 출소를 얼마 안 남겨 놓고 이딴 식으로 자해하는 놈 봤습니까? 떨어지는 낙엽도 조심해야 할 판에? 이게 말이 돼요?"

조진규가 울먹거리며 볼멘소리를 냈다.

조진규!

네가 과연 제때 출소를 할 수 있을까?

"그, 그렇긴 하지. 이, 이게 어떻게 된 거지?"

김 교도관이 내 눈치를 살피며 난감한 표정을 지었다.

바로 그때였다.

"김 교도관, 무슨 일이야?"

그렇게 김 교도관이 난감해하고 있는 사이, 교정과장 주근식이 의무실 안으로 들어왔다.

"하아, 그게 말입니다. 문제가 좀 있습니다."

"뭔데? 그나저나 저 새끼 얼굴은 왜 저 모양이야?"

"과장님, 잠시만요. 사실은⋯⋯."

김 교도관이 주근식 과장의 팔을 잡아당기며 귀엣말을 전했다.

"……그런 일이 있었어?"

주근식이 날 힐끗거리며 말했다.

"네, 출소도 얼마 남지 않았는데, 3241이 괜히 사고 칠 리가 있겠습니까?"

"알았어. 일단, 3241 데리고 나가."

"피가 나는데, 괜찮겠습니까?"

김 교도관이 망설이듯 물었다.

"별거 아니니까, 데리고 나가."

"네, 알겠……."

"제가 치료를 하겠습니다."

제법 눈두덩이가 찢어져 꿰매야 했다.

"과장님! 저 싫습니다. 치료한답시고 무슨 짓을 할 줄 압니까? 저 선생님한테는 진료 못 받아요. 바늘로 눈이라도 찔러 버리면 어떡합니까? 차라리 된장이나 몇 덩이 얻어 바르는 게 낫죠."

조진규가 뒷걸음치며 손사래를 쳤다.

"무슨 말도 안 되는 소릴 하는 겁니까?"

"그러면 이건 말이 됩니까?"

조진규가 자신의 눈두덩이를 가리키며 울먹이기 시작했다.

"내가 그런 게 아니지……."

"김 교도관! 지금 당장 데리고 나가라고!!"

나와 조진규가 실랑이를 벌이자 주근식이 목소리를 높이며 말허리를 잘라 버렸다.

"네네, 알겠습니다. 3241, 가자!"

주근식이 소리치자 김 교도관이 조진규의 팔을 잡아당겼다.

"……."

김 교도관의 손에 이끌려 나가는 조진규가 손 칼로 목을 긋는 시늉을 하며 비릿한 미소를 흘렸다.

잠시 후.

상황이 대충 정리되자 주근식이 심각한 표정으로 입술을 뗐다.

"의무관님, 저랑 얘기 좀 합시다."

"네, 그러시죠."

"이곳에 오신 지 며칠 지나지도 않았는데 이러시면 어떡합니까?"

"네? 설마, 3241의 말을 믿는 겁니까?"

"아니, 정황상 그렇지 않습니까? 조진규는 출소 대기자입니다. 곧 있으면 출소할 놈이 괜히 저런 짓을 할 이유가 없지 않습니까? 모범수까지는 아니더라도 최근 들어서는 말썽도 안 피우고, 착실하게 지내고 있는 놈입니다."

어쩌라는 건가?

마치 이 모든 책임이 나한테 있다는 듯한 말투였다.

"지금 무슨 말씀을 하시는 건지 모르겠군요."

"하아, 지금 의무관님이 죄수들하고 기 싸움을 하시려는가 본데, 괜한 짓 하지 맙시다. 배우신 분이 이런 식으로 나오시면, 저놈들이랑 의무관님이 다를 게 뭐가 있습니까? 괜히 이런 식으로 분란을 일으키시면 곤란합니다."

주근식 과장이 하대하듯 나를 나무랐다.

"제가요?"

"그러면, 분란이 아니면 뭡니까? 여태까지 우리 교도소에서 이런 일은 없었어요. 전임 공보의도 전부 수형자들이랑 잘 지내 왔습니다. 어떻게 오시자마자 이런 일을 벌이시는지."

하아, 주근식이 답답하다는 듯이 자신의 뒷머리를 긁적거렸다.

"그러니까, 저보다는 저 죄수의 말을 믿으신다는 거군요?"

"뭐…… 의무관님보단 3241이 저랑 더 오래 있었으니까요."

"······."

"그러니까요. 이곳에 오신 지 얼마나 되셨다고 이런 일이 일어납니까? 여기, 전국 톱 먹은 모범 교도소입니다. 제발 부탁이니 조용히 계시다 때 되면 돌아가십시오."

"······."

"의무관님은 여기 잠시 머물다 가시면 그만이지만, 그 뒤 치다꺼리는 전부 우리의 몫입니다. 정 못마땅하신 게 있으시면, 위에다가 말해서 다른 곳으로 옮기시든가요."

"······그냥, 귀 닫고 눈감고 지내라는 말씀처럼 들리는군요."

"뭐, 그래 주시면 더 고맙고요. 뭐, 아쉬운 거 없잖습니까? 저런 인간들한테 애정이 있는 것도 아니고, 책임감 같은 건 생각하실 필요가 없습니다. 그냥, 더도 말고 덜도 말고 전임 의무관들처럼 적당히 하시다 원래 병원으로 복귀하십시오. 그게 서로에게 좋은 것 아닙니까? 괜히 이런 어설픈 기 싸움 같은 건, 하지 마시고요!"

"······."

"아무튼, 오늘 일은 이쯤에서 제가 마무리 지을 테니, 앞으로는 이런 일 없었으면 좋겠습니다. 그러면, 전 이만 가 보겠습니다."

주근식 과장이 인상을 잔뜩 구기며 자리에서 일어났다.

뭐야? 저 혼자 떠들다 그냥 간다고?

"과장님, 어딜 가십니까? 난 아직 말 한마디 안 한 것 같은데?"

난 의무실 밖으로 나가려는 주근식의 발걸음을 멈춰 세웠다.

"무슨 할 말이 더 있으십니까?"

주근식 과장이 무심히 뒤돌아섰다.

"3241이 자해한 거라고 말씀드리지 않았습니까?"

"하아, 그 얘기는 다 끝난 거 아닙니까?"

주근식 과장이 짜증 난다는 어투로 말했다.

"끝나긴요, 아직 시작도 안 했는데요. 거기 앉으시죠. 제가 재밌는 걸 보여 드릴 테니."

"하아, 진짜 저 곧 출정(검찰 또는 법원에 수형자와 함께 가는 것) 나가야 합니다. 보여 주긴 뭘 보여 준다는 겁니까?"

"잠시면 됩니다. 거기 앉으시죠."

"야동이라도 보여 주겠다는 거야, 뭐야?"

주근식 과장이 짜증 섞인 어조로 작게 툴툴거렸다.

"자, 보시죠. 재밌을 테니까."

탁탁탁.

난 노트북을 돌려 주근식 과장에게 내보였다.

"내가 지금 의무관님이랑 한가하게 앉아서 야동이나……."

[놔! 놓으라고! 이거, 수형자라고 너무하는 거 아냐? 이렇게 아무 죄 없는 사람 패도 되나?? 아이고, 사람 죽네! 죽어!]

곧 동영상이 재생되었고 화면을 지켜보던 주근식 과장의 입이 조금씩 벌어지기 시작했다.

조진규가 자해를 하는 장면이 고스란히 담긴 동영상이었다.

"이, 이게 뭡니까?"

깜짝 놀란 주근식 과장이 말을 더듬었다.

"보시면 알 것 아닙니까?"

조진규의 자해 소동.

기선을 제압하고 향후 의무실을 안방 드나들듯이 맘대로 들락거리려는 조진규의 계획된 행동이다.

다른 건 몰라도 오늘을 어떻게 기억하지 않을 수 있겠는가?

이 일을 계기로 난 호되게 신고식을 치렀고, 그 이후로는 완전히 허수아비가 될 수밖에 없었다.

"저, 저게 3241이라고요?"

"아닌 것 같습니까? 제가 화면을 좀 더 크게 해서 보여 드릴까요?"

"아, 아닙니다. 어떻게 이런 일이 있을 수 있는 거죠?"

나를 쳐다보는 주근식 과장의 얼굴에 당혹감이 스쳤다.

조진규가 자해한 것을 말하는 겁니까, 아니면 내가 그 장면을 녹화한 것을 말하는 겁니까?

"그러게 말입니다. 어떻게 이런 일이 있을 수 있는 건지 모르겠군요."

"이, 이 새끼가 지금 미쳤나? 3241 당장 징벌방에 처넣도록 하겠습니다."

"아뇨, 그러기 전에 저한테 먼저 사과를 하셔야 하는 것 아닌가요?"

"네?"

"저한테 사과부터 하십시오."

"아, 네. 죄, 죄송합니다. 제가 무례하게 굴었다면 사과드리겠습니다."

주근식 과장이 어색한 자세로 고개만 숙여 사과했다.

"네, 사과는 받아들이죠. 그건 그렇고, 3241은 어떻게 하실 생각입니까?"

"어떻게 해 드리면 좋겠습니까? 원하시는 게 있으시면 말씀을 해 주십시오."

뭐야? 엄연히 관련법이 있는데, 나한테 물어?

뭐, 내가 죽여 달라고 하면 죽이기라도 해 주겠다는 건가?

"과장님, 접근이 아주 잘못되셨군요. 제가 어떻게 할 수 있는 일이 아니지 않습니까? 제가 원하면 뭐든 해 주실 겁니까?"

"아, 아니, 그게 아니라……."

주근식 과장이 상기된 얼굴로 말을 잇지 못했다.

"교정 생활에 관한 형집행법 제107조, 교도소장은 수용자가 각 호 중 어느 하나에 해당되는 행위를 하면 제111조의 징벌위원회의 의결에 따라 징벌을 부가할 수 있다. 제2항, 수용자가 수용 생활의 편의 등 자신의 요구를 관철할 목적으로 자해 행위를 하는 경우, 이에 해당된다. 법이 이렇게 정의된 걸로 아는데요?"

"아, 그게……. 3241은 이제 출소를 얼마 남기지 않은 상황이라……. 그게 좀!"

내가 형집행법을 언급하자 주근식 과장이 당혹감을 감추지 못했다.

그가 이러는 데는 이유가 있었다.

곧 있으면 전국 교도소 중간 평가가 있을 테니, 되도록 사건, 사고가 일어나면 곤란했던 것.

그게 아니면, 주근식 과장이 조진규와 뭔가 연결 고리가 있던가.

"그게 무슨 상관입니까? 여긴 교도소고 문제가 생기면 관련법에 의해 처벌을 하면 되는 것 아닌가요?"

"아, 네. 당연히 그렇게 해야죠. 다만……."

"그러면 법대로 해 주시면 됩니다."

"네에, 알겠습니다. 일단, 소장님께 보고하도록 하겠습니다."

"네, 그러면 이만 나가 보시죠. 저, 구충제 구입 건으로 기안 작성해야 하거든요."

"……."

하지만, 주근식 과장이 머뭇거리며 발길을 돌리지 않았다.

"왜요? 무슨 하실 말씀이라도 있습니까?"

"그게, 의무관님! 죄송하지만, 오늘 제가 드린 말씀은 잊어 주시기 바랍니다. 워낙 경황이 없는 상황이라 제가 말실수를 한 것 같습니다. 3241이 갑자기 피를 흘리니까……. 제가 생각이 짧았습니다."

"아하! 뭐, 그럴 수도 있겠네요. 하지만 솔직히 전 좀 깜짝 놀랐습니다. 제가 수형자인지 3241이 수형자인지 구분이 잘 안 되더라고요."

"죄송합니다, 정말 죄송합니다."

"뭐, 그럴 수도 있죠."

"그나저나 의무관님."

"네?"

"설마 우리 대화도 녹음하신……."

수형자를 옹호하며 자해 사건을 무마하려고 했던 일. 이것 또한 심각한 문제가 아닐 수 없었다.

주근식 과장이 내 눈치를 살피며 조심스럽게 입술을 뗐다.

좀 전과는 180도 다른 공손한 태도였다.

"하하하, 글쎄요? 있을 수도 있고, 없을 수도 있겠죠."

"네? 그게 무슨 말씀이십니까?"

"뭐, 그렇다는 겁니다."

"그게 정확히 무슨 의미인지 제가 잘 이해가 안 되어서……요."

주근식 과장이 몸을 배배 꼬며 안절부절못했다.

"뭐, 앞으로 과장님이 하시는 거 봐서 있을 수도 있고 없을 수도 있다는 말이죠."

"하하하, 네에. 아, 알겠습니다. 뭐 필요하신 거 있으시면 말씀하십시오. 제가 최대한 지원토록 하겠습니다."

"어휴, 감사합니다. 그렇게 하죠. 그나저나 법원 가신다고 하지 않았나요? 시간이 꽤 지났는데?"

"아, 네. 아직 시간 여유 있습니다. 괜찮습니다. 편히 말씀하십시오. 뭐, 필요하신 거라도……."

"필요하면 말씀드리죠. 아, 그리고 말 애매하게 낮추지 마세요."

"네?"

"제가 나이는 어리지만, 엄연히 과장님보다 직급은 높으니까요."

내 말을 듣자, 목 밑에서부터 붉은 기가 올라오는 주근식 과장이었다.

"하하하, 농담입니다! 편하게 하셔도 됩니다. 저도 그게 더 편하니깐요."

"아, 네. 알겠습니다. 그러면 전 이만 나가 보도록 하겠습니다."

"네, 그러시죠."

휴우, 주근식 과장이 안도의 한숨을 내쉬며 밖으로 나갔다.

주근식 과장.

수형자들과 결탁해서 수없이 많은 이권을 챙겨 갔던 인물.

그때는 그냥 넘어갔지만 이번만큼은 어림없어.

당신이 저지른 비리, 내가 세상에 제대로 까발려 줄 테니까.

그리고 조진규!

당신, 절대로 이곳에서 못 나가.

죄를 지었으면 당연히 죗값을 받아야지.

💙

며칠 후, 의무관사.

"의무관님, 잠시 시간 괜찮으십니까?"

김봉구 계장이 커피를 들고 관사로 찾아왔다.

"네, 들어오시죠."

"이것 좀 드시겠습니까?"

김봉구 계장이 커피를 내밀었다.

"웬 겁니까?"

"그냥 뭐, 우리 의무관님이랑 이런저런 얘기 좀 나누려고요."

김봉구 계장이 사람 좋은 미소를 띠었다.

"네, 저도 좋습니다. 잘 마시겠습니다."

"이곳 생활이 낯설지요?"

후릅, 김봉구 계장이 커피를 한 모금 베어 물었다.

"뭐, 사람 사는 곳이 다 그렇죠. 오히려 병원이 더 힘듭니다. 거기에는 생사의 갈림길에 놓인 환자들이 훨씬 많으니까요."

"음, 우리 의무관님은 성격이 시원시원하셔서 이곳에 잘 적응할 것 같습니다."

"하하하, 그런가요?"

"네, 성격도 서글서글하시고 쾌활하시지 않습니까."

"과찬이십니다. 저, 은근 소심한 성격입니다."

"어휴, 아닙니다. 여태까지 모셨던 의무관님들 중에 가장 총명하신 것 같습니다."

"아이고, 그렇게 말씀해 주시니 민망하네요. 그나저나, 저보다 연배가 한참 위신데, 말 편하게 하세요."

"아휴, 아니에요. 직급상 의무관님이 저보다 위십니다. 당연히 상급자 대우를 해 드려야죠."

"아니에요. 그런 게 어디 있습니까? 말 편하게 하십시오. 아저씨뻘 되시는데."

"허허허, 알겠습니다. 차차 그렇게 하지요. 그나저나, 제가 의무관님께 드릴 말씀이 있습니다."

김봉구 계장이 조심스럽게 입술을 뗐다.

"아, 네. 말씀하십시오."

"네, 그럼 말씀드리겠습니다. 실은 며칠 전에 있었던 불미스러운 일로 말입니다……."

예상대로 김봉구 계장이 꺼낸 말은 이랬다.

결론부터 말하자면, 3241 조진규 사건을 적당한 선에서 마무리하자는 것.

표면적으로는 교도소 내에 조진규를 따르는 무리가 많고, 혹시나 이번 일로 앙심을 품게 되면 괜히 나한테 해코지를 할 수도 있다는 것.

그러나 속내는 좀 달랐다.

곧 있으면 감사 겸 교도소 중간 평가가 있었기 때문.

허세 교도소장이 이 부분에 병적으로 집착하고 있었기에 김봉구 계장의 입장에선 난감한 일이었다.

"아, 그렇군요."

"네, 괜히 그 인간이 앙심을 품으면 어떡합니까? 저는 다른 건 몰라도 괜히 의무관님이 해를 입을까 걱정입니다."

난 괜찮은데?

"그래서 그냥 넘어가자는 말씀이십니까?"

"아뇨, 아뇨! 그런 건 아니고, 2주간 징벌방 처분을 내릴까 합니다. 너그럽게 용서해 주시면, 제가 다시는 이런 일이 없도록 조치를 취해 두겠습니다."

음, 뭐 급할 건 없으니까.

"네에, 계장님이 이렇게 부탁하시니, 저도 더 이상 왈가왈부하지 않을게요. 그렇게 하시죠."

굳이 교도관들과 각을 세울 필요는 없었다.

"아이고, 감사합니다. 정말 감사합니다."

김봉구 계장이 연신 고개를 숙였다.

"다만, 저도 부탁 하나만 해도 되겠습니까?"

"물론이죠. 뭐든 말씀만 하십시오. 제가 해 드릴 수 있는 건 뭐든 해 드리겠습니다."

"네, 사실 이곳에 와서 느낀 건데, 수형자들이 너무 많은 것 같아서요. 우리 교도소 수용 인원이 얼마나 되죠?"

"하아, 네. 뭐, 사실대로 말씀드리죠. 원래는 정원은 430명인데, 여건상 그게 여의치 않아서 현재 수용 인원은 1천 명이 조금 넘습니다. 그런데 그건 왜요?"

"아, 사정이 그렇다면 어쩔 수 없죠."

"아, 네. 저희도 그것 때문에 애로 사항이 많습니다. 교도관 충원은 가뭄에 콩 나듯 하는데, 수감자들은 계속 늘고 있으니 말이에요."

"그래서 말입니다만, 공보의 한 명을 더 충원할 수 있을까요?"

"공보의라……. 일이 힘드십니까? 그렇게 환자가 많은 곳이 아닌데."

김봉구 계장이 의아한 듯 고개를 갸웃거렸다.

"아뇨, 그럴 리가 있겠습니까? 지금이야 교도관님들이 관리를 잘해 주셔서 별문제가 없지만, 언제나 지금 같을 순 없지 않습니까? 혹시나 위급한 환자라도 나오면, 저 혼자는 감당하기 어려우니까요."

"아, 네. 그렇기도 하겠군요."

"아무튼, 당장 급한 거는 아니니까, 천천히 검토해 주십시오. 수감자가 1천 명이면, 공보의 한 명 추가하는 건 그리 어려운 일은 아닐 겁니다."

"네네, 알겠습니다. 뭐, 미래를 대비해 둬서 나쁠 것은 없겠죠. 소장님과 상의해서 적극적으로 검토해 보도록 하겠습니다."

김봉구 계장이 흔쾌히 내 제안을 받아들여 주었다.

"고맙습니다."

"그러면 제가 말씀드린 건, 이 정도 선에서 마무리 지어도 되겠습니까?"

"네에, 사람은 누구나 실수를 할 수 있는 거니까요. 앞으
로 다시는 이런 일이 없도록 해 주십시오."

"암요, 당연히 그렇게 해야죠."

계장님, 조진규 따위는 신경 쓰실 것 없습니다. 내게도 생
각이 있으니까요.

띠리리리.

"형님, 접니다."

김봉구 계장과 헤어진 후, 난 곧바로 간지석에게 전화를
걸었다.

—어, 윤찬아! 너, 교도소 의무관으로 발령받았다는 소식
은 들었다.

"에이, 너무하시네요. 저 어떻게 사나 궁금하지도 않으세
요?"

—안 궁금하긴! 그렇지 않아도 네 연락만 기다리고 있었는
데?

"후후후, 그래요? 여기 경춘교도소인데, 언제 시간 나시면
한번 놀러 오시죠?"

—당연하지. 언제 갈까?

"뭐, 아무 때나 괜찮습니다. 가급적이면 빨리 오시면 좋고요. 저도 형님 보고 싶으니까요."

―하하하, 알았다. 최대한 빨리 가마.

"네, 형님!"

호가호위

일주일 후, 허세 교도소장실.

간지석은 나와 약속한 대로, 경촌교도소를 찾아왔다.

"저희 회장님이 경촌교도소를 지원하시기로 최종 결정하셨습니다."

"네??"

깜짝 놀란 허세 소장의 눈동자가 부풀어 올랐다.

"여러모로 저희 회장님이 재소자들에게 관심이 많습니다. 그들의 갱생을 돕는 일이라면 발 벗고 나서시는 분이시죠. 그런 면에서 모범적으로 운영되고 있는 이곳 경촌교도소가 적격이라는 것이 저희 생각입니다."

"하하하, 정말입니까? 간 전무님, 정말 감사합니다."

허세 교도소장의 웃음소리가 하늘을 찌를 듯했다.

"이를 계기로 재소자들의 건강에 조금이나마 보탬이 된다면 저희도 기쁜 일이지요. 안 그렇습니까?"

"네네, 당연히 큰 도움이 될 겁니다. 강 회장님께도 꼭 감사하다고 전해 주십시오."

"네, 그렇게 하겠습니다."

"소장님, 부르셨습니까?"

잠시 후, 허세 소장의 호출을 받은 김봉구 계장이 소장실로 들어왔다.

"김 계장, 어서 와요! 여기는 경파 그룹의 총괄전무이신 간지석 전무입니다. 인사하세요."

김봉구 계장이 들어오자 허세 소장이 경박스럽게 손을 흔들어 댔다.

"아, 네. 처음 뵙겠습니다. 교도소 의무행정을 맡고 있는 김봉구 계장입니다."

김봉구 계장이 모자를 벗고는 간지석에게 정중하게 인사했다.

"아, 네. 간지석이라고 합니다."

간지석 역시 자리에서 일어나 인사했다.

"김 계장! 글쎄, 경파 그룹에서 우리 교도소에 의료 기기를 비롯해서 각종 의약품을 무제한으로 지원하기로 했답니다. 이제, 겨울에 재소자들한테 독감 백신도 맞힐 수 있을 것 같습니다!"

"네?"

김봉구 계장이 튀어나올 듯이 눈을 크게 떴다.

"게다가, 재소자들 체력 단련을 위해 운동기구를 지원하시겠다는구먼."

허세 소장의 얼굴이 싱글벙글했다.

"정말입니까? 하아, 정말 다행이군요. 가뜩이나 재소자들은 많은 반면에 예산은 한정되어 있어서 제대로 된 의약품하나 구비하지 못했는데, 이제야 숨통이 트이겠군요."

김봉구 계장 역시 반색하며 기뻐했다.

"그러게 말입니다. 이렇게 고마울 수가. 게다가 영치금도 기금 형식으로 기부하시겠다고 합니다!"

"영치금을요?"

"그래요!"

"정말 잘됐군요! 안 그래도 영치금이 없어서 생필품조차 구입 못 하는 재소자들이 태반인데, 큰 도움이 될 것 같습니다. 정말, 정말 감사드립니다, 전무님!"

김봉구 계장이 자리에서 일어나 허리를 굽히고 또 굽혀 인사했다.

"아니요, 그러실 필요 없습니다. 저희 회장님께서는 노블레스 오블리주를 기업 경영의 최고의 가치로 생각하고 계시니까요."

"아, 그렇습니까!"

"다만, 굳이 감사의 뜻을 전하고 싶으시다면, 저보다는 김윤찬 의무관님께 하시는 것이 좋겠군요."

"네? 그게 무슨 말씀이십니까?"

간지석의 말에 김봉구 계장이 허세 소장을 쳐다봤다.

"하하! 그게 놀랍게도 우리 김윤찬 선생하고 간 전무님이 형, 동생 하는 막역한 사이라더군요."

어느새, 우리 김윤찬이 되어 버린 상황이었다.

"아…… 네."

허세 소장의 말에 김봉구 계장이 적잖이 놀란 모양이었다.

"경파 그룹에서 우리 교도소를 지원하는 데 결정적인 역할을 우리 김윤찬 선생이 한 것 같아요. 맞습니까, 전무님?"

"네, 윤찬이가 굉장히 모범적인 교도소라고 하더라고요."

"하하하, 김 의무관이 그렇게 말했습니까?"

"네, 소장님 이하, 교도관들도 친절하시고 잘해 주신다고."

"에이, 우리가 한 게 뭐가 있다고 그런 말씀을 하십니까? 쑥스럽게."

허세 소장이 몸을 배배 꼬며 손을 내저었다.

"그런 의미에서 제가 의무실을 한번 둘러봐도 되겠습니까?"

"당연하죠! 당연히 둘러보셔야죠. 얼른 가시죠."

"네, 감사합니다."

"김 계장! 뭐 해요, 당장 앞장서지 않고?"

"네, 소장님! 전무님, 가시죠."

"네."

그렇게 허세 소장, 김봉구 계장 그리고 간지석이 의무실로 향했다.

♥

의무실.

"3109, 배변에 거품이 인다고요?"

"네, 거품 같기도 하고 쌀뜨물 같기도 합니다. 배도 부글부글 끓고 죽겠어요."

3109가 연신 자신의 배를 문질렀다.

"최근에 뭘 먹었죠?"

"뭐, 매번 거의 똑같은 거라, 특별히 먹었던 건 없는데……. 아, 맞다! 며칠 전에 특식으로 꼬막무침이 나와서 그걸 좀 많이 먹은 것 같습니다."

"빙고, 바로 그건가 보네요!"

"네?"

"입도 자주 마르고 팔꿈치나 무릎 관절 부위에 통증도 좀 있죠?"

"네네, 맞습니다."

"거기 좀 누워 봐요."

"네."

"이곳이 아픈가요?"

난 3109를 진료대 위에 눕히고는 하복부를 꾹꾹 눌러 보았다.

이 사람 역시 조진규과 같은 노란색 수형번호, 즉 조폭 출신이었다.

"아앗! 네, 거기요. 거기가 너무 아픕니다."

"급성 장염인 거 같네요. 아무래도 꼬막에 문제가 있었던 것 같아요."

"아, 그렇습니까?"

"수액 하나 놔 줄 테니까, 맞고 가세요! 한 1~2일 정도는 절식하고 미음이나 달걀노른자 정도만 섭취하는 게 좋아요. 찜질 팩을 하나 줄 테니까, 자기 전에 배 위에 덮고 자도록 하세요."

"네, 알겠습니다, 선생님!"

"아, 그리고 혹시나 다른 수형자들 중에 3109와 같은 증세를 보이는 사람은 없나요?"

"네, 아직은요."

"알았어요. 수액 1시간 정도 들어갈 거니까, 한숨 자 두면 좋을 거예요."

"감사합니다."

잠시 후.
"아이고, 오늘도 수고가 많구먼, 김윤찬 선생!"
그렇게 3109가 침대에 누워 수액을 맞고 있는 사이, 허세 소장이 의무실 문을 열고 들어왔다.
물청소를 했기에 바닥에 물기가 묻어 있었고, 허세 소장은 자신의 구두 바닥에 물이 묻을세라 깡총거리며 마른 곳만 골라 밟고 들어왔다.
"네. 소장님, 어디 편찮으십니까?"
"아이고, 내가 너무 무심했구먼. 자주 들렀어야 했는데 말이야."
"아닙니다. 바쁘실 텐데."
"그나저나 여기 누가 오신 줄 아나?"
누가 오긴, 지석 형님이 왔겠지.
"글쎄요? 잘 모르겠습니다."
"하하하, 사람하고! 들어오시죠, 간 전무님!"
허세 소장이 검지를 흔들거리며 실실거렸다.
"윤찬아, 나 왔다!"
그 순간, 모습을 드러내는 간지석.
'TV는 사랑을 싣고'였던가? 마치 그 TV 프로그램을 찍는 느낌이었다.

"앗, 형님! 여길 어떻게 오셨습니까?"

"뭐, 업무 관계로 소장님과 상의할 것도 있고, 무엇보다 사랑하는 내 동생 얼굴 좀 보려고 왔지. 잘 지냈니?"

간지석이 달려와 내 양팔을 움켜쥐었다.

"그럼요. 뭐, 보시다시피 소장님 이하 모든 분들이 편하게 대해 주셔서 잘 지내고 있습니다. 그나저나 강 회장님은 강녕하시죠?"

"당연하지. 요즘도 하루가 멀다 하고 네 안부를 물으신단다. 네가 생명의 은인이잖니."

"헉, 그게 무슨 소립니까?"

소장이 궁금한 듯 눈을 깜박였다.

"아, 네. 예전에 강 회장님이 위급하셨을 때, 저 친구가 응급조치를 해 줬거든요."

"아! 역시, 역시! 대형 병원 출신 엘리트는 다르군요!"

"네, 워낙 실력 있는 친구니까요."

"아닙니다! 누구나 그 상황에선 저처럼 했을 겁니다."

휘둥그레, 간지석의 펌프질에 소장을 비롯한 모든 교도관의 시선이 내게 꽂혔다.

2주 전에 나를 바라보던 그 눈빛과는 180도 다른 눈빛이었다.

"아닙니다, 아닙니다! 그게 어디 쉬운 일입니까? 이런 훌륭한 의사 선생님을 우리 교도소에서 모시게 되어 영광입니다, 영광!"

허세 소장이 호들갑을 떨며 좋아라 했다.

그렇게 의무실이 웅성거리자 누워 있던 3109가 눈을 뜨고
는 살짝 커튼을 걷어 내 밖을 살폈다.

그렇게 벌어진 커튼 사이로 간지석의 모습이 보였고, 그
모습을 확인한 3109의 동공이 팽창하기 시작했다.

'억! 저 사람은 가, 간지석??'

덜덜덜, 3109의 주먹이 거의 입 속으로 들어갈 것 같았다.

발 없는 말이 천 리를 간다.

이제 김윤찬이 그 유명한 간지석과 절친한 사이란 소문이
삽시간에 퍼져 나갈 것이다.

김윤찬이 눈짓을 보내자 간지석이 고개를 끄덕였다.

"소장님, 오랜만에 제 동생을 만났는데, 잠시 단둘이 좀
있어도 되겠습니까?"

"아무렴요. 당연히 그렇게 하셔야죠. 잠시가 아니라 천천
히 대화 나누십시오. 김 계장, 가지."

"네, 알겠습니다."

"간 전무님, 강 회장님께 꼭! 제 안부 전해 주셔야 합니
다!"

"네, 꼭 전해 드리겠습니다."

그렇게 허세 소장은 흔쾌히 간지석의 제안을 받아들이고

는 교도관들과 함께 밖으로 나갔다.

♥

"3109, 좀 어떤가요?"

"네, 한결 나아진 것 같습니다."

간지석을 제대로 살펴보려는 듯, 3109가 그를 힐끗거렸다.

"그래요, 수액 다 맞았으니까 방으로 돌아가도 좋아요. 조개나 갑각류에 특히 민감하게 반응하는 것 같으니까, 그런 음식은 조심하도록 하세요."

촤르르, 난 커튼을 쳐 내고 3109의 팔에 꽂혀 있던 수액 바늘을 뽑아냈다.

"네네. 감사합니다, 의무관님."

3109는 침대에서 내려와 나가면서도 시선은 간지석에게 고정되어 있었다.

잠시 후.

"시킨 대로 했는데, 잘한 거냐? 한다고 했는데."

3109가 나가자 간지석이 한쪽 입꼬리를 말아 올렸다.

"어휴, 더할 나위 없이 훌륭하시던데요? 강 회장님 얘기는 애드립입니까?"

"하하하, 왜 괜찮았냐?"

"물론이죠. 다들 절 보는 눈빛이 달라지던데요? 형님이 이 정도로 거물인 줄은 몰랐어요. 좀 전에 그 수형자가 형님을 계속 곁눈질하더라고요."

"됐다! 내가 현장에서 은퇴한 지가 언젠데."

"그런가요. 아무튼 와 주셔서 감사합니다."

"감사하긴! 누구 일인데."

"헤헤, 네. 그나저나 부탁할 게 하나 더 있어요, 형님."

"뭔데? 말해 봐."

"음, 아무래도 이곳에 조직적으로 에페드린을 유통하는……."

"음, 그 에페드린이라는 게 마약 성분이라고?"

"네, 워낙 내성도 강하고, 다량 복용하면 환각 작용이 심해서 제한적으로 공급이 되거든요."

"그래서?"

"네, 아직까진 제 추측이긴 한데, 조진규의 행태로 볼 때, 암암리에 에페드린이 거래되고 있는 것 같습니다."

"교도관들이 연루돼 있을 수도 있겠군."

"네, 그럴 가능성도 배제할 순 없죠. 그래서 부탁인데, 음성적으로 외부에서 이곳에 에페드린을 공급하고 있는 놈들이 있을 거예요. 그걸 좀 확인해 주십시오."

"음, 알았어. 내가 한번 확인해 보도록 하지."

"네, 감사합니다."

"보통 이런 케이스는 점조직으로 움직일 가능성이 높아, 조금 시간이 걸릴 수 있어."

"네, 알고 있습니다. 그나저나, 제가 이렇게 신세만 져서 어떡합니까?"

"녀석도 참, 별소리를 다 한다. 아무튼, 최대한 빨리 알아보마."

"네, 그나저나 조진규란 자가 예전에 형님이랑 같이 일했다고 떠들고 다니는 것 같던데, 설마 아니죠?"

"설마 그랬겠니?"

"하하하, 그죠? 네, 그럴 리가 없죠."

그리고 일주일 후, 징벌방.

철컹, 2주간의 독방 생활을 마친 조진규가 밖으로 나왔다.

"3241! 앞으로 신경 좀 쓰자? 너, 이러다가 출소 연기될 수도 있어!"

징벌방 문을 열며, 교도관이 경고했다.

"알았수다. 쥐 죽은 듯이 조용히 살 테니까 걱정 마슈."

"그래, 우리도 좀 살자. 제발 출소 때까지만 얌전히 있어라."

"네네, 그럽시다."

'김윤찬 이 개새끼! 내가 널 아주 갈기갈기 찢어 주마.'

으드득, 징벌방에서 나온 조진규가 어금니를 악다물었다.

미남아!

"이제부터 얌전히 살자? 응?"

"네에."

"들어가."

철컹, 교도관이 문을 열고 조진규를 그의 감방으로 들여보냈다.

"뭐야, 지금 이 태도는? 다들 안 일어나?"

조진규가 감방 안을 주욱 훑어보더니 눈을 희번덕거렸다.

분기탱천한 것이 잔뜩 독이 오른 모습이었다.

"형님 오셨슈."

그제야 수형자들은 느긋하게 하나둘씩 자리에서 일어나

기 시작했다.

"오셨슈? 이 새끼들이 처돌았나? 나야, 나! 조진규!"

쾅쾅, 조진규가 살기등등한 모습으로 자신의 가슴을 내리쳤다.

"네에, 그동안 고생 많으셨습니다."

조진규만 보면 덜덜 떨던 수형자들은 예전과는 달리 성의 없이 답변할 뿐이었다.

2주 전과는 180도 다른 풍경이었다.

"이것들이! 한동안 푸닥거리를 안 했더니 완전 빠져 가지고. 이씨! 얘들아, 이리 와. 앉아 봐."

조진규가 옷소매를 돌돌 말아 올리며 손짓을 했다.

"네에. 뭔데요?"

그러자 수형자들이 방바닥에 몸을 질질 끌며 조진규에게 다가갔다.

"뭐긴? 김윤찬 이 개새끼 조져야지. 일단, 뜨거운 맛을 보여 줘야겠는데, 어떻게 하면 제대로 찢어 놓을 수 있을지 각자 생각 있으면……."

"조지긴 누굴 조져?"

한쪽 구석에 앉아 만화책을 보던 수형자가 피식거렸다.

"야, 짝대기! 너, 이리 와 봐."

그러자 조진규가 그를 향해 손가락을 까닥거렸다.

"아, 진짜, 왜요?"

그제야 짝대기란 자가 눈을 비비며 천천히 일어났다.

"왜요? 이런 미친 새끼를 봤나? 너, 지금 나한테 엉까는 거냐? 당장 이리 안 튀어 와?"

"하아, 씨! 양아치 새끼가 졸라 시끄럽게 구네."

"뭐? 양아치 새끼? 이게 죽고 싶나?"

양아치란 말에 조진규가 득달같이 달려가 짝대기의 멱살을 잡았다.

"이거 놔요."

"못 놓겠다면? 어쩔 건데?"

"그나마 존대해 줄 때, 구석에 짜져 있다가 때 되면 나가세요. 괜히 똥폼 잡지 말고."

"하아, 네가 아주 쥐약을 처드셨구나? 나라고! 여기 범털 조진규!"

"X 까는 소리 하고 자빠졌네. 시팔, 범털은 무슨? 개털이라면 모를까?"

탁, 짝대기가 양손을 들어 올려 자신의 멱살을 잡고 있던 조진규의 팔을 내리눌렀다.

"이, 이게 미쳐도 단단히 미쳤구나? 너, 너 지금 나랑 한번 해보겠다는 거냐?"

"왜요, 형님 절친 간지석이라도 데리고 오시게?"

킥킥킥.

간지석이라는 말에, 다른 수형자들이 동시에 키득거리기

시작했다.

"뭐? 뭐라고?"

"아니, 형님이 그랬잖아요? 왕년에 간지석이랑 동거동락 하면서 의형제 맺었다고! 아니에요?"

"그, 그래, 그게 뭐? 그게 어쨌다는 건데?"

그러자 조진규가 당황한 듯 말을 얼버무렸다.

"지랄하네, 병신 새끼! 뒷골목에서 약이나 팔던 새끼가."

"뭐, 뭐라고?"

"시팔, 이제 그만 좀 하슈. 당신 정체 다 들통났어. 경강시 장 뒷골목에서 뽕쟁이들한테 약이나 팔던 양아치라면서? 조 폭은 무슨 개 X 같은 조폭이야?"

키득키득.

여기저기서 비웃음이 터져 나왔다.

"지, 지금 무슨 헛소리를 하는 거야?"

상황이 심상치 않게 돌아가자 조진규의 얼굴이 붉어지기 시작했다.

"내가 말했잖아요. 당신 정체 이 교도소에서 모르는 사람 없다고. 그리고 괜히 김윤찬 선생 건들 생각은 꿈에도 하지 마. 그러다 골로 가는 수가 있으니까. 독방에 들어가 처앉아 있으니까, 교도소 돌아가는 꼴을 알 리가 있나?"

쯧쯧쯧, 짝대기가 한심하다는 듯이 혀를 찼다.

"지, 지금 이게 어떻게 된 거야? 어? 야, 3765! 네가 좀 말해 봐. 짝대기 저 새끼가 무슨 말을 하는 거야?"

조진규가 옆에 있던 3765의 옷소매를 잡아끌었다.

"하아, 짝대기 말이 다 맞아요. 형님, 여기 들어오기 전에 약쟁이였다면서요? 그런데 어떡하다 노란딱지 붙이고 오신 거요? 이것도 약 판 돈으로 뺑 썼나?"

큭큭큭큭.

"뭐라고? 너, 너, 왜 그래?"

그동안 조진규의 충직한 오른팔이었던 3765였기에 당혹감을 감추지 못하는 조진규였다.

"제가 그나마 형님한테 정이 좀 붙어 있어서 드리는 말씀인데 잘 들어 보슈. 괜히 김윤찬 선생 건드릴 생각은 꿈에도 하지 마요. 그러다가 골로 가는 수가 있으니까."

"너, 미쳤냐? 내가 그 새끼 때문에 2주 동안 징벌방에서 개고생했던 거 생각하면……. 어휴, 그 새끼 갈아 마셔도 속이……."

"쫌! 그만 좀 하라고요! 아직도 상황 파악이 안 돼? 김윤찬이야말로 간지석하고 의형제를 맺은 사람이라고!! 제발, 좀 개념 좀 챙깁시다, 네?"

3765가 한심하다는 듯이 고개를 가로저었다.

"뭐라고? 김윤찬이 뭐가 어째?"

"그리고 하나 더 경고하는데, 앞으로 손 뗄 테니까, 해롱이를 팔든, 당신이 처먹고 해롱거리든 우리한테 이래라저래라 하지 마쇼. 이제 우린 당신 모르니까."

"이, 이게 어떻게 된 거야, 지금?"

흔들리는 동공, 조진규가 생각지도 못한 상황에 당혹감을 숨기지 못했다.

그렇게 조진규 관련 사건은 일단락 짓게 되었다.

물론, 약 판 놈들, 그걸 받아 처먹은 놈들, 그리고 뒷배가 되어 준 놈들, 하나하나 밝혀내긴 해야겠지만.

한 달 후.

그렇게 김윤찬이 교도소 의무관 생활을 한 지 한 달 반이 흘렀고, 그도 조금씩 이 생활에 적응해 가고 있었다.

간지석의 지원으로 엑스레이는 물론, 초음파 기기, 심전도 검사기까지, 어지간한 동네 병원 수준의 의료 장비를 갖출 수가 있었다.

게다가, 지속적인 홍보 덕에 환자들도 조금씩 늘어나며 경촌교도소 의무실은 조금씩 구색을 맞춰 가고 있었다.

"3110! 접견이다. 준비해!"

17호 감방, 교도관 정직한은 서류철을 넘기며 3110을 호출했다.

"미남이 왔나요?"

교도관의 접견 소리에 3110 윤태주가 자리에서 벌떡 일어났다.

　"그건 잘 모르겠고, 일단 접견 신청은 누나가 한 것 같은데? 곧 시간 되니까 접견 준비해."

　교도관, 정직한이 손목시계를 내려다보며 말했다.

　"그래요? 알겠습니다."

　3110 윤태주가 환한 얼굴로 감방 문을 나섰다.

　잠시 후, 접견실.

　"누나, 미남이는? 미남이는 안 데리고 왔어??"

　누나와 접견을 시작한 3110 윤태주의 표정에 실망감이 가득했다.

　톡톡톡, 3110 윤태주가 안타까운 표정으로 유리 가림막을 두드렸다.

　"……아니, 같이 못 왔어."

　윤태주의 누나가 힘없이 고개를 내저었다.

　"아니, 누나! 이게 어떻게 된 거야? 왜 같이 안 왔는데? 미남이 못 본 지 벌써 1년이 넘었어!"

　윤태주가 신경질적으로 뒷머리를 긁적거렸다.

　"태주야, 그게 말이야……."

　우물쭈물 말을 잇지 못하는 윤태주의 누나.

　"왜? 왜 그러는건데? 사실대로 말해, 빨리! 미남이가 아빠

보기 싫대? 왜 면회 안 오는 건데?"

"아니, 그게 아니라……. 아, 이거 참, 이걸 어떻게 해야 하나."

"누나! 빨리! 면회 시간 다 돼 가. 시간 없으니까 빨리 말해. 그런 거 아니면 왜 면회를 안 오냐고, 왜? 미남이 어디 아파?"

윤태주가 답답하다는 듯이 목소리를 높였다.

"아니, 그런 건 아니야."

"그러면 왜? 왜냐고!"

3110 윤태주가 더 이상 참지 못하겠다는 듯이 소리를 질렀다.

"3110! 목소리 낮춰라."

"네에, 알겠습니다."

3110 윤태주가 소란을 피우자, 교도관이 제지했다.

"그래, 이렇게 된 거, 사실대로 말할게."

꿀꺽, 윤태주의 누나가 침을 삼켜 넘기더니 말을 하기 시작했다.

"그래, 어서어서."

윤태주가 누나를 다그쳤다.

"그게, 미남이 가출했어."

"뭐, 뭐라고? 그게 말이 돼?"

"미안해. 나도 어쩔 수 없었어. 일 때문에 며칠 부산에 내려갔다 올라와 보니, 미남이가 사라졌어."

"미치겠네? 어디로 갔는데? 경찰에 신고는 했고?"

"당연히 했지. 지금 수소문해서 찾고 있는 중이야."

"정말 돌겠네. 누나가 잘 데리고 있어 준다고 했잖아?"

흑흑흑, 윤태주가 울음을 터뜨리고 말았다.

"태주야, 미안해. 경찰도 찾고 있으니까 조만간 찾을 거야. 조금만 기다려 보자."

"경찰을 어떻게 믿어? 그 사람들 이런 거 신경도 안 쓴다고!"

"알았어. 누나도 백방으로 알아보고 있는 중이야. 이렇게 전단지도 만들었어."

"몰라! 하여간 미남이 잘못되면 누나 용서 안 해!"

"미, 미안해, 태주야."

"누나! 나 여기 매형 때문에 들어왔어. 매형이 그렇게 회사 부도내고 도망가지만 않았어도, 우리 미남이랑 아무 문제 없이 행복하게 살았을 거야. 그런데, 어떻게 나한테 이럴 수 있어?"

3110이 원망 섞인 목소리로 한탄했다.

"정말, 정말 미안해, 태주야! 어떻게든 내가 꼭 미남이 찾아낼게."

"하아, 나 미남이 없으면 못 살아, 정말!"

쾅, 3110이 주먹으로 탁자를 내리쳤다.

"알았어. 진정해."

"3110! 접견 시간 끝났다. 가자."

삐익, 그렇게 경고음이 울렸고 면회 시간이 끝났다.

"네, 알겠습니다. ……다음에 올 땐 미남이 꼭 데리고 와. 안 그러면 다신 누나 안 볼 거야. 알았어?"

"그, 그래, 알았어."

17번 방.

"야, 태주야! 미남이 왔어?"

윤태주가 힘없이 감방 안으로 들어오자 수형자들이 그에게 몰려들었다.

"……."

그러자 윤태주가 힘없이 고개를 내저었다.

"하아, 어떻게 된 거냐? 아빠라면 사족을 못 쓰던 녀석이?"

걱정이 되는지 3487, 왕주태가 안타까워했다.

"도대체 어떻게 된 건데? 그렇게 뻔질나게 오던 놈이 왜 갑자기 발길을 끊은 거야?"

"……미남이가 가출했대."

흑흑흑, 윤태주가 방바닥에 앉아 자신의 다리 사이에 얼굴을 물었다.

"뭐, 뭐라고? 가출?"

"어, 누나가 전단지를 만들어 찾고 있나 봐."

윤태주가 주머니에서 전단지를 꺼내 내밀었다.

"젠장! 어쩌다가 이런 일이 일어난 거야? 이런 거 붙인다고 찾겠어? 그나저나 경찰에 신고는 했고?"

"어, 누나가 신고했대."

"하아, 미치겠네. 짭새들은 이런 거 신경도 안 쓰는데……."

3418, 김순남도 땅이 꺼져라 한숨을 내쉬었다.

"태주야, 너무 걱정 마. 미남이 똑똑한 놈이니까 쓸데없는 짓은 안 할 거야. 곧 집으로 돌아올 거야."

툭툭툭, 3487 왕주태가 윤태주의 어깨를 두드리며 말했다.

"윤태주! 너무 걱정 마라. 나도 이곳저곳에 알아볼 테니까."

그 순간, 창살 사이로 교도관 정직한의 목소리가 새어 들어왔다.

"네에. 감사합니다, 교도관님!"

"원래 그맘때는 다 그런 거야. 곧 돌아올 테니까 괜히 끼니 거르지 말고, 밥 잘 챙겨 먹어."

교도관 정직한이 위로의 말을 건넸다.

"네에, 그럴게요."

그렇게 미남이가 가출한 지 10일이 지난 후.

미남의 소식은 여전히 감감무소식이었다.

그러던 어느 날.

"야!! 태주야! 왜 그래? 정신 좀 차려 봐!"

식은땀을 비 오듯 쏟아 내며 끙끙 앓고 있는 윤태주.

"이, 이 새끼 왜 이래? 머리가 펄펄 끓어!"

3487 왕주태가 윤태주의 머리에 손을 짚어 보더니 화들짝 놀라 소리쳤다.

"정 교도관님! 정 교도관님!"

3487 왕주태가 창살 사이로 얼굴을 내밀며 지나가던 교도관 정직한을 멈춰 세웠다.

"왜? 뭔데?"

"큰일 났어요. 지금 3110이 이상해요!! 식은땀을 비 오듯 쏟고, 열이 펄펄 끓어요."

"그래? 잠깐만."

철컹, 깜짝 놀란 교도관이 문을 따고 감방 안으로 들어갔다.

잠시 후.

"3487! 3110 내 등에 올려! 지금 당장 의무실로 가야겠다!"

3110 윤태주의 상태를 확인한 교도관 정직한이 그를 자신의 등에 들쳐 업었다.

"김 교도관, 당장 김윤찬 선생 호출해!"

정직한 교도관이 윤태주를 침대에 눕히며 소리쳤다.

"네, 알겠습니다."

잠시 후.

관사에서 호출을 받은 난, 곧바로 의무실로 복귀했다.

"무슨 일입니까?"

"저도 잘 모르겠습니다! 순찰 돌다가 3110이 갑자기 숨을 못 쉬는 것 같아서요."

으으으, 3110 윤태주가 창백해진 얼굴로 가쁜 숨을 몰아쉬며 괴로워했다.

"언제부터 이랬습니까?"

"갑자기 그런 것 같은데…… 왜 그러는 겁니까?"

정직한 교도관이 근심 어린 표정으로 물었다.

"진료를 해 봐야겠지요."

그렇게 시작된 진료.

내가 원인을 찾는 데까지 그리 오랜 시간이 걸리지 않았다.

심음은 극도로 떨어져 있었고, 경정맥은 팽대.

맥박을 짚어 보니 맥박수가 분당 140이 넘었다.

즉, 타키카디아(발작성 빈맥) 증세가 보였으니까. 게다가 펄서스 패러독스(기이맥)까지.

여러 정황상, 탐폰(심낭압전)을 의심해 보지 않을 수 없었다.

"응급조치를 해야 하는데, 혹시 저를 도와주실 분이 계십니까?"

"아…… 간호사 같은 분요?"

"네, 그러면 더 좋고요."

"다, 당연히 없죠. 어쩌지……? 아! 안 교도관이면 도와드릴 수 있을 겁니다."

"안 교도관요?"

"네, 의무관님이 안 계실 때는 임시로 안 교도관이 수형자들 처방도 해 주고 했으니까요."

"그래요. 다행이군요. 빨리 좀 호출해 주세요!"

"네, 알겠습니다!"

정직한 교도관이 서둘러 핸드폰을 꺼내 들었다.

잠시 후.

"무슨 일입니까? 3110이 어떻게 된 겁니까?"

정직한 교도관의 연락을 받은 안기범 주임이 의무실 안으로 들어왔다.

안기범 주임은 공보의 공백이 있을 시, 그들의 일을 대신 해 주는 사람이었다. 보건대학교를 졸업했고, 군대에서 의무 병으로 근무했기 때문에 나름 어느 정도 의학 지식이 있는 사람이었다.

"심전도 좀 확인해 봐야 할 것 같습니다. 준비를 좀 해 주세요."

"네, 알겠습니다."

심전도 소견도 내 예상과는 크게 다르지 않았다.

저전위차(심전도상 진폭이 0.5mV 이하인 경우. 흔히 심전도 그래프에서 뾰족하게 높게 솟아 있는 부분이 평평하게 낮아짐을 의미)에 그 크기도 들쑥날쑥했다.

맞다. 지금 3110 윤태주의 병명은 카디악 탐폰, 즉 심낭압 전이었다.

여러 가지 이유로 심낭에 삼출액이 고여 있었고, 이 삼출 액이 심장을 압박해 심장이 제 기능을 발휘하지 못하고 있었 던 것.

지금 당장 이 삼출액을 뽑아내지 못하면 3110 윤태주는 죽는다.

하지만, 천자를 이용해 삼출액만 뽑아낸다면, 극적으로 환 자는 회복할 수 있다.

그래서인지 메디컬 드라마나 의학 소설에 자주 등장하는 것이 바로 이 심낭압전이었다.

"3110, 탐폰이 의심됩니다."

"네? 시, 심낭압전요?"

깜짝 놀란 안기범이 말을 더듬었다.

"그렇습니다, 안 교도관님! 수액 좀 걸어 주세요. 우심실 용적을 높여야 할 것 같아요."

"네에, 그렇게 하겠습니다."

수액을 투여해 우심실 용적을 높여 충만압을 올려 주면 반대로 심낭 내의 압력은 낮아지는 원리였다.

물론, 떨어지는 혈압을 수액으로 보충하는 것도 그 목적 중에 하나였다.

그렇게 안기범 주임이 서둘러 수액을 갈고 생리적식염수를 투여했다.

그다음은 심낭천자.

"천자 해야 할 것 같습니다."

"선생님이 직접 하실 겁니까?"

안기범 주임의 목소리가 미세하게 떨렸다.

"그렇습니다. 초음파 좀 잡아 주시겠습니까?"

"그, 그게 해 본 적이 없어서요."

안기범 주임이 망설이며 머뭇거렸다.

"괜찮습니다. 제가 하라는 대로만 하시면 돼요. 그냥 핸들 바만 심낭 주위에 홀드하고 계시면 됩니다."

"아, 알겠습니다. 한번 해 보겠습니다."

"일단 캐비닛에 18게이지 바늘이 있을 테니까, 좀 가져다 주시겠어요?"

심낭 삼출액을 뽑아내기 위해선 최소 16게이지 이상의 굵은 바늘이 필요했다.

"네, 알겠습니다."

심낭천자는 그렇게 어렵지 않다. 게다가 지금은 초음파까지 있지 않은가.

이제 심낭에 고여 있는 삼출액만 빼내면 급한 불은 끄는 셈이었다.

"안 교도관님, 3110 천장이 보이도록 똑바로 눕혀 주시고, 베타딘(소독약) 도포해 주세요."

"네, 알겠습니다."

그나마 안 교도관이 있어서 다행이었다. 충분하진 않지만 어설프게나마 어시스트 역할을 해 줄 수 있었다.

그다음은 흉골 중 가장 작은 부분, 검상돌기 끝부분이 검과 닮았다고 해서 검상돌기다. 흔히 검상돌기 대신 칼돌기라고 부르기도 한다.

난 바로 이 검상돌기 하방을 약 30도 각도로 찌른 후, 늑골 안쪽으로 방향을 틀어 바늘을 삽입할 것이다.

그런 뒤 삼출액이 나오기 시작할 때 바늘을 제거하고 튜브만 남겨 놓으면 모든 게 끝이었다.

그러면 드라마에서처럼 주변 사람들이 안도의 한숨을 내

쉬며 환호를 지르고, 극적으로 의식을 회복한 환자는 주변을 두리번거리며 '여기가 어딘가요?'라고 물어보겠지.

하지만.

불행하게도 그런 장면은 드라마에서나 일어나는 일이었다.

일은 내 생각처럼 그렇게 순조롭게 흘러가지 않았다.

"젠장! 이게 뭐야?"

심낭 삼출액을 뽑아내도 또 고이는 현상이 발생했다.

즉, 반복적으로 심낭 삼출액이 뿜어져 나오는 것.

이럴 경우 단순히 천자만으로는 해결이 불가능한 상황이다.

"선생님, 왜 그러시는 겁니까?"

안 교도관이 내 표정을 살피더니 조심스럽게 물었다.

"응급 페리카디얼 윈도우 포메이션(심막창 제거 수술)을 해야 할 것 같습니다."

"페리카디얼 윈도우……요? 그게 뭔가요?"

"아, 네. 제가 길게 설명할 순 없고요. 교도소 지정 병원으로 빨리 옮겨야 할 것 같습니다."

"동해병원으로 말입니까?"

"네, 지금 당장이요."

경촌교도소 지정 병원은 인근에 있는 준종합병원인 동해병원이었다.

"아…… 그게."

머뭇거리는 안 교도관이었다.

"왜요? 무슨 문제라도 있습니까?"

"그게, 아이 씨, 뭐라고 말씀을 드려야 하나."

안 교도관이 난감한 듯 뒷머리를 긁적거렸다.

"아, 그게, 의무관님, 그 병원에는 흉부외과 의사가 없습니다."

바로 그때, 김봉구 계장이 의무실 안으로 들어왔다.

"네? 뭐라고요?"

"잘은 모르겠는데, 동해병원에는 심장 쪽에 외과 의사가 없습니다, 제가 알기론."

김봉구 계장이 이마를 긁적이며 난감해했다.

"하아, 정말입니까?"

충분히 그럴 수 있긴 했다.

가뜩이나 흉부외과 의사 수급이 어려웠으니까. 심지어 국립의료원에도 최근 몇 년 동안 레지던트 수급이 끊어졌으니 동해병원 정도의 준종합병원은 오죽하랴.

"그러면 어떡합니까??"

"국립강원병원으로 가야 할 것 같습니다. 제가 조치를 취해……."

"안 됩니다. 거긴 너무 멀잖습니까? 환자 이송 중에 잘못될 수도 있습니다."

"그, 그러면 어떻게 하죠?."

김봉구 계장이 난감한 듯 입술을 잘근거렸다.

도대체 의료 체계가 어떻게 이렇게 엉망일 수 있단 말인가? 만약에 응급 환자가 발생하면 어떻게 조치했던 거지?

"제가 하겠습니다."

"네? 뭘……요?"

김봉구 계장이 고개를 갸우뚱거렸다.

"수술방은 있을 것 아닙니까? 제가 메스 잡을 테니까, 당장 동해병원으로 가시죠."

"의, 의무관님이 직접 메스를 잡는다고요?"

김봉구 계장이 놀란 눈을 크게 떴다.

"외과 의사가 없다면서요?"

"그게 가능하겠습니까??"

"가능하고 못 하고를 따질 때가 아니지 않습니까? 지금 3110은 지체할 시간이 없어요! 이렇게 죽도록 그냥 방치할 겁니까?"

"아, 알았습니다. 그러면 소장님한테라도 연락을 드려서……."

"아뇨! 사후 처리합시다. 지금 소장님과 협의할 시간 없어요. 일단, 제가 안 교도관님과 함께 동해병원으로 출발할 테니까, 뒤처리는 계장님이 해 주십시오."

"네, 알겠습니다. 그렇게 하죠."

김봉구 계장이 잠시 망설이더니 이내 고개를 끄덕였다.

"안 교도관님, 바로 출발합시다. 계장님, 동해병원에도 우리가 간다고 연락 좀 해 주세요."

"네, 제가 바로 연락하겠습니다."

"의무관님, 동해병원에 요청해서 앰뷸런스를 보내 달라고 하는 게 낫지 않을까요?"

안 교도관이 걱정이 되는 듯 물었다.

"아뇨, 그럴 시간 없어요. 지금 시간이면 차도 막히지 않을 것 같으니까, 바로 출발하죠."

"네, 알겠습니다. 준비하겠습니다."

그렇게 해서 나와 안 교도관, 그리고 3110 윤태주는 곧바로 동해병원으로 향했다.

띠리리리.

달리는 차 안, 환자 이송 중에 허세 소장으로부터 긴급히 연락이 왔다.

－이봐요, 김윤찬 선생!

"네, 소장님."

－지금 어디 가는 중입니까?

"동해병원으로 갑니다."

─거, 거길 왜 가요, 수술할 의사도 없는데? 그러다 잘못되면 어떻게 하려고요? 당장 차 돌려요!

"김봉구 계장님이 말씀 안 하셨습니까? 제가 수술을 한다고 했는데요?"

─그러니까, 차 돌리라는 거 아닙니까? 괜히 잘못되면 어떻게 하려고 그래욧!

흥분한 허세 소장의 목소리가 수화기를 뚫고 나올 것 같았다.

"소장님, 그러다 3110 죽습니다. 지금 당장 수술을 해야 해요."

─아니, 아무리 그래도 이건 아니지. 날 밝는 대로 강원병원으로 옮기는 게……

"3110은 날이 밝으면 장례를 치러야 할지도 모릅니다."

─그거야 그놈의 운명인 거지. 그러니까 빨리 차 돌려욧! 강원병원에 연락해서 앰뷸런스 보내 달라고 할 테니까!

"안 됩니다. 그렇게 할 수 없어요."

─아니, 이 사람이 제정신이야? 곧 있으면 교도소 중간 평가란 거 몰라?? 당장 안 교도관 바꿔! 빨리!

허세 소장에게 3110의 목숨 따위는 안중에도 없었다.

"소장님, 진정하시고 지금부터 제 말 잘 들어 보십시오. 3110이 잘못되면 그게 더 문제 아닙니까? 제때 치료받지 못해 사망한 재소자! 충분히 기삿거리가 될 텐데요?"

－뭐, 뭐라고?

"그리고 그렇게 부정적으로만 생각하지 마십시오. 제가 3110을 살리면요? 그땐 어떤 일이 벌어질까요?"

－그게 무슨 소리야?

"소장님 이하 온 교도관의 헌신적인 노력으로 재소자의 생명을 구하다! 이 정도면 전국 신문까지는 몰라도 지역신문 헤드라인은 장식하지 않겠습니까? 분명, 중간 평가에 플러스가 되지 마이너스 요인은 안 될 텐데요? 이것보다 감동적인 미담은 없을 테니까요."

－흠, 미담?

확실히 얇디얇은 귀를 가진 허세 소장이었다. 좀 전과는 달리 목소리 톤이 부드러워졌다.

"그럼요. 이런 아름다운 미담이 어딨습니까? 이 모든 미담의 주인공은 바로 소장님이 되실 겁니다. 제가 그렇게 인터뷰할 거니까요."

－흠흠흠, 정말 김윤찬 선생이 살릴 수 있단 말이지?

"네, 저 연희병원 흉부외과 출신입니다."

－하아, 정말 잘할 수 있는 거죠?

의심 많은 허세 소장이 또 한 번 되물었다.

"네, 그렇게 어려운 수술은 아닙니다. 수술방만 있다면 어떻게든 제가 살려 보도록 하겠습니다."

－좋아! 어떻게든 3110 살려서 데리고 와요. 실패하면 당

신도 교도소 복귀할 생각 안 하는 게 좋을 거야.

"네, 걱정 마십시오."

어이없군.

아무튼, 세상 제일 쉬운 일이 허세 교도소장을 설득하는 일이었다.

♥

동해병원.

그렇게 20여 분을 달려 천신만고 끝에 도착한 동해병원.

"어? 저 사람 동해병원 원장 아냐?"

병원 정문 입구에 다다를 즈음, 안 교도관이 창밖의 한 사람을 가리켰다.

"원장요? 저 머리 벗겨진 사람이?"

"네, 맞습니다. 천종수 원장 맞아요!"

"그렇군요."

"네, 그나저나 원장이 직접 왜 나온 거야? 의무관님, 내리시죠."

"네, 3110 내릴 때 주의하셔야 합니다."

나와 안 교도관이 3110 윤태주를 실은 들것을 조심스럽게 내리려는 찰나, 천종수 원장이란 사람이 뒤뚱거리며 달려왔다.

"자, 잠깐만요!"

"누구십니까?"

"나, 이 병원 원장이오."

천종수 원장이 거만한 표정으로 나를 올려다봤다. 얼핏 내 가슴팍쯤 되는 키였다.

"그렇습니까? 경촌교도소에서 왔습니다. 환자가 급하니 빨리 수술방으로 옮겨야 합니다."

"그래서요?"

"네? 그래서요라뇨? 교도소에서 연락 안 받았습니까?"

"연락이야 받았는데, 우리 병원에는 들어갈 수 없다니까요."

천종수 원장이 양팔을 벌려 우리의 진입을 막았다.

"뭐라고요? 응급수술을 요하는 환자라고요! 조금만 지체하면 환자가 죽을 수도 있습니다. 지금 바로 수술을 해야 한다고요!"

"그래요. 수술을 하든 뭐를 하든 자유이긴 한데, 우리 병원엔 들어갈 수 없다고요!"

천종수 원장이 고개를 내젓자 축 늘어진 볼살이 흔들거렸다.

그가 눈조차 마주치지 않으려는 듯 고개를 돌리고는 손을 내저었다.

"그게 말이 됩니까? 수술을 하든 말든이라뇨? 지금 제가 환자가 죽어 가고 있다고 했잖습니까!"

천종수라는 인간, 의사라는 타이틀이 아까운 양반이었다.

"말이 안 되는 건 당신들이잖소."

"그건 또 무슨 말입니까?"

"아니, 난데없이 쳐들어와서 수술방을 빌려달라니, 그게 가당키나 한 소립니까? 여기가 무슨 여관입니까, 방 달라고 하면 내주게?"

쳇, 천종수 원장이 얼굴을 붉히며 구시렁거렸다.

"미치겠네. 동해병원이 경촌교도소 지정 병원 아닙니까? 재소자들 건강을 책임지라고 나라에서 정해 주고 지원해 주는 것 아닙니까?"

"네네, 맞아요. 그런데, 나라에서 정해 준 지정 병원이라고 수술방을 빌려줘야 할 의무는 없지 않소? 게다가, 어느 병원이 자기 병원 의사도 아닌 사람한테 수술방을 내준답디까? 그러다가 문제 생기면 당신이 책임질 겁니까? 뭣들 해? 당장 입구 막아!"

천종수 원장이 몇 가닥 안 되는 머리카락을 머리에 얹으며 게거품을 물었다.

"네, 원장님!"

드르륵드르륵.

그러자 곧 병원 직원들이 바리케이드를 치며 입구를 막아

섰다.

이거 완전 또라이네! 뭐 이런 인간이 다 있어?

"원장님, 이건 좀 아니지 않습니까? 환자는 위급하고 원장
님 병원엔 집도할 의사가 없으니, 제가 직접 집도하겠다는
것 아닙니까? 일단, 사람은 살려야 하지 않겠어요? 모든 책
임은 제가 질 테니까, 수술방만 내주십시오!"

이런 빌어먹을 십장생을 봤나?

속에서 천불이 치솟아 올랐지만, 최대한 마음을 가라앉히
며 말했다.

"웃기고 있네. 공보의 주제에 무슨 책임을 진다는 겁니까?
이게 상식으로 이해할 수 있는 행동입니까? 도둑놈이 집에
쳐들어와서 아무것도 건들지 않을 테니, 안방 좀 빌리자는
것과 뭐가 다릅니까?"

천종수 원장이 말도 안 되는 궤변을 늘어놓았다.

"지금 그걸 말이라고 하십니까? 도둑이라뇨!"

"뭐, 교도소 것들은 다 비슷비슷한 거 아니오! 아무튼, 우
리 병원은 절대 안 되니까 다른 병원으로 가쇼."

한 손은 뒷짐을 진 채, 천종수 원장이 냉정하게 손을 내저
었다.

"정말, 이러실 겁니까?"

"됐고! 언감생심, 수술방을 내놓으라니! 미쳐도 단단히 미
쳤구먼. 가뜩이나 교도소 것들이 들락날락해서 환자들 불만

이 많은데 말이야. 이참에 교도소랑 인연 끊고, 그깟 쥐꼬리만 한 정부 지원 자금 안 받으면 그만이야."

"……."

도저히 상종을 못 할 인간이었다. 바늘로 찔러도 피 한 방울 나오지 않을 악질 중에 악질이었다.

"경비실장! 저 사람들 한 발자국이라도 병원 안으로 들여놓으면 모가지인 줄 알아! 저 사람들 갈 때까지 여기서 딱 지키고 있어."

"네, 알겠습니다."

"아니, 허 소장은 왜 생전 안 하던 짓을 해? 그냥 국립 병원으로 보내면 될 것 아냐? 왜 이렇게 일을 복잡하게 만드나 몰라? 사람이 안 하던 짓을 하면 일찍 죽는다던데, 죽을 때가 된 것도 아니고……."

젠장, 천종수 원장이 투덜거리며 병원 안으로 들어갔다.

"어떡하죠?"

그러자 안 교도관이 근심에 찬 얼굴로 물었다.

"일단, 밖이 차니까 3110을 차 안으로 다시 들여야 할 것 같습니다."

"그다음은요? 지금 당장 급한 거 아닙니까? 강원병원까진 너무 시간이 많이 걸릴 것 같은데요?"

안 교도관이 시간을 확인하며 입술을 잘근거렸다.

"일단, 환자부터 안으로 들여놓으십시다. 체온 떨어지면 큰일입니다."

"네, 그렇긴 한데, 그다음은?"

"뭐, 죽기 아니면 까무러치기죠. 분명 방법이 있을 겁니다. 들어가시죠."

그렇게 나와 안 교도관은 문전박대를 당한 채, 봉고차 안으로 들어갈 수밖에 없었다.

❤

"지금 여기서 연희대정선분원까지 가려면 얼마나 걸릴까요?"

"정선분원이라면, 정선에 있는 병원 말입니까?"

안 교도관이 눈을 깜박였다.

"네, 얼마나 걸리겠습니까?"

"음, 도로는 안 막히니까, 밟으면 40분 안에 끊을 순 있을 것 같습니다. 그런데 거긴 왜요?"

"40분이라……. 빠듯하긴 한데, 일단 그쪽으로 갑시다."

"거긴 우리 교도소 지정 병원도 아닌데요?"

"지금 찬밥 더운밥을 가릴 상황이 아니지 않습니까? 일단, 사람부터 살려 봐야죠."

"만약에 거기서도 빼찌를 먹으면요? 차라리 늦더라도 강원병원에 연락하는 게 낫지 않을까요?"

"그건 걱정하지 마십시오."

띠띠띠띠.

난 곧바로 이상종 교수에게 전화를 걸었다.

"교수님, 김윤찬입니다."

―김윤찬 선생, 오랜만이야!

"네, 교수님!"

―그래, 경춘교도소로 발령받았다는 소린 들었다. 고생이 많지?

"어차피 해야 할 일인데요, 뭐. 그나저나 교수님, 제가 긴히 부탁드릴 게 있어서요."

―부탁? 그래, 말해 봐, 뭔데?

"실은……."

난, 이상종 교수한테 지금까지 있었던 모든 일을 상세하게 설명했다.

―그러니까, 지금 심막창 제거 수술을 해야 하니, 수술방을 열어 달라는 건가?

"네, 그렇습니다. 천자를 했는데도 삼출액이 다 뽑히질 않아요. 심막을 제거해야 할 것 같습니다. 급합니다. 수술방 좀 열어 주시죠."

―하아, 이를 어쩌지? 힘들 것 같은데?

"네?"

―나도 방금 업도맨 페네트레이팅 인저리(복부 관통상) 환자

수술 마치고 옷 갈아입으러 나왔거든. 다시 또 수술방에 들어가야 해. 메시브 블리딩(대량 출혈)에 헤모페리(복강내출혈)에 멀티플 립 프렉쳐(다발성 늑골 골절) 환자 천지야.

"TA(교통사고) 환자입니까?

―그래, 인근 고속도로에서 추돌 사고가 나서 우리 병원으로 몰려 들어왔어!

"네? 하필! 그러면 수술방 없겠네요?"

설상가상, 정선분원엔 교통사고 환자들이 만원이었다.

―그래, 너도 알다시피 우리 병원에 수술방 단 세 개뿐이잖냐. 수술방 꽉 찼어. 일부 환자들은 다른 병원으로 보냈는데도, 응급실에 대기 중인 환자들만 넷이야. 여기도 난리다, 난리!

"하아, 큰일이네요. 이 일을 어쩌죠?"

―그러게, 심막삼출이 심하면 바로 수술을 해야 할 텐데……. 일단 우리 병원으로 데리고 올래? 내가 어떻게든 수술방을 마련해 볼 테니.

"아닙니다. 내 환자 살리겠다고 다른 사람들을 피해 보게 할 순 없죠. 제가 다른 방법을 찾아보도록 할게요."

―아무리 그래도 탐폰 환자면 촌각을 다투는 일일 텐데…….

후우, 이상종 교수가 안타까운 듯 한숨을 내쉬었다.

"할 수 없죠! 빨리 다른 병원을 알아봐야죠. 교수님, 그러면 전화 끊을…….”

—윤찬아, 잠깐만!

그렇게 내가 전화를 끊으려는 순간, 이상종 교수가 목소리 톤을 높였다.

“네?”

—지금 너 어디 있다고 했지?

“여기요? 동평군인데…….”

—아니, 아니. 지역 말고 병원 이름이 뭐라고 했냐고?

“여기요? 동해병원요.”

—거기 병원 원장 이름이 혹시 천종수냐?

“잠시만요. 아까 이 병원 원장 이름이…… 천종수라고 했 죠?”

난 수화기를 막고 안 교도관에게 물었다.

“네네, 맞습니다, 천종수 원장!”

“네, 여기 교도관이 맞다는데요, 천종수 원장.”

난 전화를 바로 잡고는 이상종 교수에게 말했다.

—종수라……. 후우, 하늘이 무너져도 솟아날 구멍이 있다 더니, 이런 걸 두고 하는 말인가 보다. 아무튼, 동해병원에서 수술방만 열어 주면 된다는 거지? 수술은 네가 할 수 있고?

“네에, 그러긴 한데, 그게 가능하겠습니까?”

—뭐, 죽으라는 법은 없지. 시간 없으니까, 일단 전화 끊어 봐. 내가 5분 안에 쇼부를 쳐 볼 테니까.

"네에, 알겠습니다."

뭘 어떻게 하시겠다는 건가? 내가 봐선 씨알도 먹히지 않을 사람 같던데…….

아무튼, 이상종 교수가 5분만 달라고 했으니, 그 시간 정도는 기다려야 할 듯싶었다.

❤

"바리케이드 치워!"

"네??"

"아이씨, 당장 바리케이드 치우지 않고 뭐 해? 환자 급하다잖아!"

"아, 네. 알겠습니다, 원장님!"

정말 정확히 5분 후, 천종수 원장이 뒤뚱거리며 달려왔다.

"왜 말을 안 하셨습니까?"

천종수 원장이 몇 가닥 안 되는 머리카락을 쓸어 올렸다.

"네? 그게 무슨 말씀이시죠?"

"아니, 의무관님이 이상종 소령님 조카사위라면서요?"

"네? 조, 조카사위요?"

"네네, 진즉에 말씀하시지. 제가 결례를 범했다면 이해해주십시오."

이게 도대체 어떻게 된 거야? 내가 교수님 조카사위라고? 무슨 짓을 하신 거지?

"아, 네. 그게 뭐, 대단한 것도 아니고."

무슨 일인지 자세히는 모르겠으나, 아무튼 천종수 원장이 이렇게 달려온 거 보면, 뭔가 일이 잘된 모양이었다.

"대단하지 않긴요! 이상종 소령님은 제 생명의 은인이신 분입니다. 그분 조카사위면 저한테도 조카사위나 마찬가지죠. 얼른 병원 안으로 들어가시죠."

"아, 네. 알겠습니다. 그러면 수술방을 내주시는 겁니까?"

"그 다 이를 말씀입니까. 누추하지만 우리 병원에서 제일 쓸 만한 수술방으로 내드리겠습니다. 안으로 가시죠."

"네, 고맙습니다."

"소령님 조카 이름이 윤이나 양 맞죠? 제가 해병대 의무관으로 복무할 때 몇 번 봤던 거 같은데."

천종수 원장이 좀 전과는 180도 다른 태도로 살갑게 대했다.

"아, 네. 맞습니다."

"아이고, 내가 조카님 결혼식은 알아서 챙겨야 하는데, 연락 없으시다고 이렇게 나 몰라라 했으니, 이게 어디 사람이 할 짓입니까? 여하간, 소령님도 너무하지. 청첩장이라도 보내셨으면 좀 좋아?"

"아, 네네. 뭐…… 워낙 교수님이 사람들한테 폐 끼치는

걸 싫어하셔서요. 그나저나 교수님하고는 어떻게 알게 되셨
는지?"

"아이고, 그 얘기 하자면 2박 3일도 모자랍니다. 그분 아
니었으면 우리 아들⋯⋯. 아니다. 일단 급한 불부터 끄고 나
중에 얘기합시다."

천종수 원장이 뭔가를 말하려다 삼켜 넘겼다.

"아, 네."

"네네. 아무튼, 전 소령님이 죽으라고 하면, 죽는시늉이라
도 해야 하는 사람입니다. 나중에 차차 얘기하기로 하고, 환
자부터 수술방으로 옮기시죠."

"네, 알겠습니다."

"김정균 선생! 윤상태 선생! 빨리 환자 3번 수술방으로 옮
겨!"

"네, 알겠습니다, 원장님!"

천종수 원장과 같이 나온 두 명의 레지던트들이 3110 윤
태주를 스트레 처카에 실었다.

"어휴, 소령님 조카사위시면 진즉에 좀 말씀해 주시지. 아
주, 나를 이렇게 몹쓸 인간으로 만들면 어떡합니까?"

천종수 원장이 원망 섞인 표정으로 입을 삐죽거렸다.

정확히 뭔지는 잘 모르겠으나, 아무튼 일이 잘 풀린 것 같
았다.

수술방.

팡, 팡팡, 팡팡팡.

수술실로 들어가자 조명이 켜지고, 마취과 담당의가 안으로 들어왔다.

"연희병원 출신이시라고요?"

"네, 그렇습니다."

"거기 마취통증의학과에 윤도현이라고 있지 않습니까?"

"아, 윤도현 선생님요?"

"네네, 도현이가 제 동기입니다."

"아, 그러시군요. 반갑습니다."

"도현이 아직도 수술방 들어갈 때, 풍선껌 씹습니까?"

"네네, 풍선껌을 씹으면 긴장이 해소된다고 하시더라고요."

"하하하, 그렇습니까? 여전하군요."

"네네."

"그러면 잘 부탁드립니다. 김윤찬 선생 덕분에 간만에 심장 수술다운 수술을 보게 되겠네요."

뭐야? 여기 흉부외과 써전이 없다고 하지 않았나? 그렇다면 심장 수술을 본 적이 없어야지, 심장 수술다운 수술을 보게 되었다는 건 뭔가?

심장 수술답지 않은 수술은 했다는 건가?

"아, 네. 동해병원에서도 심장 수술을 하기는 하나 보군요?"

"네? 아, 네. 그게 아니라…… 예전에요. 예전에 다른 병원 있을 때, 그, 그랬다는 거죠."

당황한 표정의 마취과 의사가 말을 얼버무렸다.

"아, 네."

"하, 하하, 그러면 시작해 볼까요?"

휙휙휙, 마취과 의사의 손짓이 많아지기 시작했다. 그건, 그가 지금 당황하고 있다는 방증이기도 했다.

이 병원, 문제가 많아도 너무 많아!

"그러시죠."

"환자 바이탈 나쁘지 않습니다. 지금 시작하셔도 될 것 같아요."

"좋습니다, 선생님! 메스!"

"네, 선생님!"

그러자 스크럽 간호사가 내 손 위에 메스를 올려놔 주었다.

그렇게 난, 우여곡절 끝에 3110의 심막창 제거 수술을 할수 있게 됐다.

심막창 제거 수술.

파리에탈(바깥쪽) 심장막과 비세랄(안쪽) 심장막 사이에 삼출액이 고여 있는 경우였다.

즉, 일종의 심장막을 도넛 모양이라고 하면 도넛 고리에 해당하는 부분에 물이 차 있어서, 그 물(삼출액)이 심장을 압박하게 된 것.

이럴 경우, 심낭천자를 통해 도넛 모양의 관에 찬 물을 뽑아 주면 됐으나, 그것으로는 역부족이었기에 수술이 필요했던 것.

즉, 바깥쪽 심막(도넛 바깥쪽 테두리)을 제거해 줘야 하는 수술이었다.

왼쪽 가슴 부위를 절개해 두껍게 들러붙은 심막을 제거해 주면 극적으로 회복되는 비교적 간단한 수술이었다.

물론, 그렇다고 해도 펠로우 2년 차가 하기엔 그렇게 쉬운 수술은 아니었지만.

아무튼, 난 3110 윤태주의 유착된 외막을 제거해, 심막삼출액을 모두 배출해 냄으로써 위기를 극복할 수 있었다.

이 모든 수술은 2시간이면 족했다.

"정말, 대단하시네요! 정말 멋져요!"

수술이 끝나자 어시스트로 들어온 동해병원의 일반외과 레지던트 김정균이 감탄사를 연발했다.

내 현란한 손놀림에 적잖이 감동을 받은 모양이었다.

하여간, 이놈의 출중한 실력이란⋯⋯.

"왜요? 전공 바꾸고 싶습니까?"

"하아, 진짜 심장은 드라마틱하잖아요. 단 1분만 멈춰도 끝장이 나니깐요. 이렇게 팔딱팔딱 뛰는 심장을 볼 때마다 가슴이 벅찹니다!"

"그렇습니까?"

"네, 사실 CS 전공하고 싶었는데…….."

"맞아요. 심장내과가 돈이 안 되죠? 풀당(풀타임 당직)에 고생은 고생대로 하고요."

"네에, 사실 그래서."

김정균이 민망한 듯 얼굴을 붉혔다.

"음, 어시스트하시는 걸 보니, 손이 좋더라고요. 다른 수술과 달리 심장을 죽여 놓고 하는 유일한 과가 흉부외과예요. 수술을 마친 후, 죽어 있던 심장이 다시 뛸 때의 희열은 그 무엇과도 바꿀 수 없답니다. 억만금을 준다 해도 환자의 심장이 살아 숨 쉬는 그 순간과는 바꿀 수가 없어요."

"네, 맞습니다. 정말 그런 것 같아요!"

"네, 언제든지 CS 써전이 되고 싶으시면, 저한테 연락하세요. 제가 도와드리겠습니다."

"정말입니까? 진짜요?"

"그럼요. 지금 몇 년 차시죠?"

"1년 차입니다."

"그럼 충분하겠네요."

"하아, 이참에 선생님 따라서 교도소 의무관으로 지원해 볼까요? 저 어차피 군대 가야 하는데."

"뭐, 그것도 좋은 방법이군요."

"네, 솔직히 여기 선생님들은 허구한 날 골프나 치러 다니고 그러거든요!"

"그래요?"

"네네, 전부 돌팔이들이에요!"

내 곁으로 다가와, 귀엣말을 전하는 김정균이었다.

붙임성이 있는 데다 '배방구'라도 하고 싶을 정도로 귀엽게 튀어나온 배에 동글동글 생긴 웃는 인상이 귀여운 친구였다.

아무튼, 3110 윤태주의 수술은 성공적이었다.

❤

동해병원 원장실.

수술을 마친 난, 천종수 원장의 호출을 받고 원장실로 향했다.

"하하하, 확실히 우리 소령님의 조카사위분이시라 그런지, 실력 하나는 따봉이군요!"

천종수 원장이 경박스러운 태도로 쌍따봉을 날렸다.

"아, 네. 감사합니다."

"아이고, 우리 병원도 김 선생 같은 좋은 흉부외과 의사가 있으면 좋으련만. 큰 병원 출신이시니 우리 같은 시골 병원은 눈에 들지도 않겠죠?"

"병원이 크고 작고가 뭐가 중요합니까? 저를 필요로 하는 곳이 있다면 가는 거죠."

"그렇습니까? 확실히! 소령님 영향을 받아서 그런지, 책임 감이 어마무시합니다, 허허허!"

천종수 원장이 다소 과장된 어투로 나를 추켜세웠다.

"그나저나, 이상종 교수님과는 어떤 인연이신 겁니까?"

"어디 보자. 아, 네. 하아, 어디서부터 시작해야 하 나……."

본인이 해병대 군의관으로 복무하던 시절, 이상종 교수가 그곳의 선임자로 있었던 것.

천종수의 가족들이 면회를 온 날, 그의 아들이 불의의 사 고를 당했고, 비장 파열에 헤모소락스(혈흉)가 생겨 생사를 장 담할 수 없을 때, 이상종 교수님이 해군병원에서 직접 집도 해 그의 아들을 살려 줬다는 것이었다.

결국, 이상종 교수는 천종수 원장 아들의 생명의 은인인 셈이었다.

"그런 일이 있었군요."

"그렇습니다. 이상종 소령님이 아니었으면, 제 아들은 이 미 저세상 사람이었겠죠. 그런 제가 어떻게 소령님의 은혜를 잊겠습니까?"

그나마 은혜를 잊지 않는 건 다행이지만, 자기 자식 목숨이 중요하면 다른 사람 목숨도 똑같이 중요하다는 걸 알아야지.

"아, 그렇군요. 그나저나, 3110이 회복되려면 한 일주일 정도는 안정을 취해야 할 텐데, 내일이라도 강원병원으로 옮길까요?"

"아, 아뇨! 그럴 필요 있습니까? 우리 병원에서 수술해 살렸는데, 괜히 그 공을 강원병원에 돌릴 필요 있습니까? 어차피 우리 병원이 경촌교도소 지정 병원이니, 끝까지 우리가 책임져야죠."

수술 못 하게 할 땐 언제고, 성공하고 나니 다 차려 놓은 밥상에 숟가락 얹겠다는 심보였다.

하여간 기회주의적인 인간이었다, 천종수란 인간은.

"네, 그래 주시면 저도 편하죠."

"하하하, 물론입니다. 맘 편히 진료 보십시오. 아, 그나저나 제가 부탁 하나 드려도 되겠습니까?"

"어떤?"

"아마 내일 오후쯤에 금강일보 기자가 우리 병원에 올 겁니다. 그러면 인터뷰 좀 잘 부탁합니다, 네?"

입가에 비릿한 미소를 띠는 천종수 원장이었다.

"아, 네. 알겠습니다. 그건 그렇고, 제가 원장님께 뭐 하나만 여쭤봐도 되겠습니까?"

"네네, 뭐든지 물어보시죠."

기분이 업돼 있는지 천종수 원장의 이마가 벌겋게 상기되었다.

"경촌교도소 수용 인원이 1천 명이 넘는데, 그중에 심장 관련 질환을 앓고 있는 환자가 없지 않을 것 아닙니까? 만약 문제가 생기면 그 사람들은 어떻게 진료를 받습니까? 여긴 심장외과 전문의가 없는데."

천종수 원장의 속내를 한번 떠볼 필요가 있었다.

"뭐, 교도관들이 운동을 잘 시켜서 죄수들이 전부 건강한가 보죠. 아직까지 뭐, 심장 쪽 문제가 있는 죄수들은 없었습니다."

수형자도 재소자도 아닌, 죄수란 단어를 쓰며 수형자들을 비하하는 그였다.

"이상하네요. 제가 재소자들 건강기록부를 확인해 보니, 심장 스탠트를 삽입한 환자가 몇 있던데……."

"아…… 그렇습니까? 그, 그건 저희도 잘 모르는 일인데?"

순식간에 천종수 원장이 얼굴색을 바꿨다.

"뭘 그렇게 놀라세요?"

"네? 제가요? 하하하, 제가 뭘요?"

천종수 원장이 고개를 갸웃거렸지만, 목 아래부터 올라오는 붉은 기운을 감출 순 없었다.

"아님 됐고요. 뭐, 입소하기 전에 수술을 받았나 보죠. 흥부외과 전문의도 없는데, 동해병원에서 수술을 했을 리 없잖습니까? 그건 엄연한 불법 의료 행위니까요."

"당연하죠. 그걸 말이라고 하십니까, 하하하. 그건 그렇고, 아무튼 오늘 수술하시느라 고생 많으셨습니다! 우리 나가서 저녁이라도 같이할까요? 제가 중국 음식 잘하는 곳을 알고 있는데."

천종수 원장이 가운을 옷걸이에 걸며 얼렁뚱땅 넘어가려 했다.

"아뇨, 괜찮습니다. 아직은 제가 지키고 있어야 할 것 같습니다."

"에이, 어차피 교도관들이 지키고 있을 것 아닙니까? 그리고 그 몸으로는 못 도망갑니다. 가긴 어딜 가요?"

헐, 아무튼 비열하다는 말로는 충분히 설명할 수 없는 위인이었다.

어쨌든 분명히 뭔가 있다!

내가 스탠트 삽입술만 수천 번도 더 해 본 사람이야. 가슴에 손만 대 봐도 언제 스탠트를 박았는지 알 수 있거든.

당신 너무 구린내가 풍기잖아?

동해병원 당직실.

그날 밤, 수술을 마친 3110 윤태주의 상태를 살피기 위해 동해병원 당직실에 대기하고 있는데, 이상종 교수로부터 전화가 왔다.

─이봐, 조카사위! 수술 잘 끝냈다면서?

"아, 진짜! 제가 왜 교수님 조카사위입니까?"

─헐, 지금 엉기는 거냐? 왜? 우리 이나가 싫어? 그새 다른 여자라도 생겼냐?

"아니, 그게 아니라……."

─그 입 다물라. 아무튼, 너 딴생각하면 아주 내 손에 죽는 줄 알아? 내가 우리 이나 곁에 어떤 놈도 얼씬 못 하게 해 놨으니까, 괜히 너도 딴맘 품지 말도록!

"하아, 네. 그나저나 TA(교통사고) 환자들은 괜찮은 겁니까?"

─후우, 그렇지 않아도 지금 막 마지막 수술 마치고 나오는 길이다. 아주 그냥 온몸에서 소독약 냄새가 지워지지 않는다!

"고생하셨네요."

─너도 고생 많았다. 펠로우 2년 차가 하기엔 그렇게 쉽지 않은 수술인데.

"뭐, 교수님하고 고함 교수님한테 배운 대로 했을 뿐입니다."

─하긴, 고함 교수가 어련히 널 조련시켰겠냐? 아무튼, 수

고했다.

"네. 그건 그렇고요. 교수님, 제가 수술방에서 좀 이상한 얘기를 들었어요."

─이상한 얘기? 뭔데?

"음, 아무래도 동해병원에서 심장 수술을 했었던 것 같습니다."

─그게 말이 돼? 거기 흉부외과 의사가 없다면서?

"그러게 말이에요. 흉부외과 써전이 없는데 어떻게 심장 수술을 했는지 모르겠네요."

─네가 잘못 들은 거 아냐? 그럴 리가 없잖아?

"아니요, 분명히 여기 마취과 선생님한테 들었어요. 게다가, 경촌교도소에도 스탠트 삽입술을 받은 환자가 몇 있거든요."

─그래? 이거 좀 냄새가 나는데?

"네, 수상한 게 한둘이 아니에요."

─음, 둘 중 하나겠지. 정부 지원금 때문에 가라로 수술 실적만 올렸거나, 아니면 진짜로 불법 수술을 자행했거나. 스탠트 수술이 생각보다 돈이⋯⋯. 윤찬아, 잠깐만! 잠깐만 전화 끊어 봐. 내가 뭘 좀 찾아봐야 할 것 같은데?

"네? 뭘 찾아요?"

─잠시면 돼! 전화 잠깐만 끊어 봐.

"네, 알겠습니다."

띠리리리.

그렇게 전화는 끊겼고, 채 5분도 되지 않아 이상종 교수로부터 다시 전화가 왔다.

"네, 교수님."

―아무래도 천종수 이 인간이 삽질을 제대로 한 것 같구나. 아들내미 구사일생으로 살았으면, 맘 잡고 착하게 살아야지. 이게 무슨……?

끌끌끌, 이상종 교수가 한심하다는 듯이 혀를 찼다.

"네? 그게 무슨 말씀이십니까?"

―일단 조용한 곳으로 자리를 좀 옮겨라.

"네? 여기도 조용한데?"

―인마, 좀 심오한 얘기야. 낮말은 새가 듣고 밤말은 쥐가 듣는다는 말도 몰라? 빨리 밖으로 튀어나와 받아!

"아, 네, 알겠습니다, 교수님."

―밖으로 나왔냐?

이상종 교수가 목소리 톤을 낮췄다.

"네, 목소리 안 낮추셔도 돼요."

―됐거든! 그러다가 누가 듣기라도 하면 만사 도로아미타불이야.

"네네, 지금 아무도 없어요. 말씀하세요."

―윤찬아, 지금부터 내 말 잘 들어라. 이거 대충 넘길 일이

아니다.

"뭔데 그래요?"

―지난주에 TA(교통사고)로 실려 와 나한테 수술받은 환자 중에 동해병원에서 심장 스텐트 수술을 받은 환자가 있어. 당시엔 그러려니 했는데, 거기 심장외과 의사가 없다면서! 이거 말이 되질 않잖아? 방금 그 환자 차트를 확인하느라 전화 끊었던 거야.

"그게 확실합니까?"

―당연하지. 차트는 거짓말 안 하니까. 보호자가 적어 놓은 거니까 확실해.

"심장외과 의사가 없는데 수술이라……. 이건 골키퍼가 투수하겠다고 공 던지는 거랑 똑같군요."

―그렇지! 축구공이나 야구공이나 던지는 건 똑같다고 우기는 거랑 뭐가 달라? 게다가 얼마나 조악한 스텐트를 삽입했던지, 스텐트를 삽입한 혈관 부위에 재협착이 생겨서 그거 긁어내느라 애를 먹었거든.

"그랬군요."

―내가 똑똑히 기억하고 있거든. 분명히 불량 스텐트를 사용한 게 틀림없어. 스텐트 규격부터 다시 검토해 봐야 할 것 같아.

이런 미친 XXX들! 별짓을 다 하는구나.

불량 스텐트라……

대충 밑그림이 그려지는 듯했다.

스텐트 제작 업체, 교도소, 그리고 동해병원의 합작품일 가능성이 농후했다.

스텐트 제조 업체는 식약처 허가까지 몇 년이 걸릴지 모르는 기간을 단축하기 위해 규격을 속여 허가를 받았을 것이고, 그 불량 스텐트를 동해병원에 납품했을 터.

그리고 이를 알고 있는 동해병원은 그 스텐트를 사용하는 대가로 업체로부터 리베이트를 받아 왔겠지.

물론 스텐트도 저가로 구입했을 테니, 일거양득 아닌가?

게다가 심장외과 의사야 서류상에만 존재했을 것이고, 스텐트 수술은 다른 의사가 했을 가능성이 농후했다.

다른 심장 수술에 비해 스텐트 수술은 비교적 쉬웠을 테니까.

난, 이제야 조금 실마리를 풀어낼 수 있었다.

거기에 경촌교도소도 한몫했을 것이라는 게 나의 합리적인 추론이었다.

경촌교도소와 동해병원은 공생 관계일 것이다.

경촌교도소는 환자를 대 주고 그 대가를 챙겼을 것이며, 동해병원은 정부 지원금을 착복했겠지.

당연히 불법 의료 시술이니 병원이나 교도소 서류상에 남겨 놓을 리가 있겠는가?

그래서 아무리 찾아봐도 진료 기록이 없었던 거야!

이제야 모든 의문이 한꺼번에 풀리는 듯했다.

"교수님! 그 환자 진료 정보랑 수술 내역서, 불량 스텐트 제조 회사명과 이와 연관된 자료가 있으면 전부 제 이메일로 보내 주실 수 있습니까?"

―뭐, 환자만 허락해 준다면 가능하지 않겠냐?

"그러면 부탁 좀 드려요."

―그래, 내가 환자나 보호자를 설득해 보마. 그건 그렇고 네가 무슨 생각이 있는지는 모르겠지만, 차라리 불법 시술로 신고를 하는 게 어때? 신고는 내가 하마.

"아뇨, 그러면 동해병원에서 꼬리 자르기에 들어갈 수도 있어요. 경촌교도소와의 불법 커넥션까지 잡으려면 좀 더 자료를 수집할 필요가 있습니다. 게다가 의학계 관행상, 같은 의사가 신고하는 건 바람직하지 않아요. 교수님이 불이익을 당하실 수도 있어요."

―됐어! 사람 목숨 가지고 장난치는 놈들이 언감생심 의사라는 타이틀을 가슴팍에 달고 살아? 내 눈에 흙이 들어가기까진 나 그 꼴 못 본다. 관행이고 나발이고 그런 거 필요 없어. 불이익을 주든, 잡아먹든 맘대로 하라고 해!

"교수님, 목소리 낮추세요. 저보고는 조용히 하라고 해 놓고, 교수님 목소리가 수화기를 뚫고 나오겠어요."

―그, 그래, 그건 미안! 아무튼, 바로 신고해 버리자. 이런 쌍놈의 새끼들은 그냥 둬선 안 돼!

어휴, 하여간 불같은 성정은 본원 고함 교수보다 더했으면 더했지 덜하지 않은 이상종 교수였다.

"아닙니다. 모든 건 순리대로 푸는 게 좋아요. 저한테 생각이 있으니까, 자료만 넘겨주십시오. 제가 제대로 똘똘 말아 보겠습니다."

─그래? 확실해?

"네, 저 김윤찬입니다."

─뭐, 그렇다면 할 수 없고. 하여간 제대로 안 했다가는 조카사위고 뭐고 네가 멍석말이를 당할 줄 알아!

"네, 걱정 마십시오. 그런 일은 없을 테니까."

─알았어. 잘해! 그나저나, 우리 이나는 어떻게 할 거야? 차라리 너네 교도소로 알바 보내 줄까? 너 혼자 일하기 벅차면⋯⋯.

"아, 아니에요. 저 혼자 충~분합니다. 괜찮습니다. 저, 환자한테 가 봐야 하니까, 끊을게요!"

─그래? 알았어. 일 대충 마무리되면 주말에 놀러 와. 알았지!

"네네, 끊습니다."

♥

같은 시각, 동해병원 원장실.

조금 전, 김윤찬을 대할 때와는 완전히 달라진 표정.

천종수가 입꼬리를 말아 올릴 때마다, 심술보 같은 볼따구니가 진동했다.

빙그르, 천종수 원장이 의자를 돌려 앉아 한숨을 내쉬었다.

'재수 옴 붙었네. 그 공보의 새끼가 하필 이상종이 조카사위야? 이게 무슨 X같은 경우냐고?'

천종수가 심술보를 씰룩거렸다.

'젠장! 자식 놈 살려 준 생명의 은인이니 마냥 거절할 수도 없고, 하여간 완전 똥 밟았구먼, 시벌! 그나저나 이상종 그 인간은 예나 지금이나 쓸데없는 오지랖질은 여전하구먼. 그러니 이 시골 촌구석에 처박혀 청승 떨고 살지. 하여간, 융통성이라곤 홍어 X만큼도 없는 인간! 그렇게 살다 굶어 죽기 딱 맞지! 실력이 아깝다, 아까워!'

천종수 원장이 연신 구시렁대며 투덜거렸다.

'아무튼 뭐, 이번 일로 그동안의 빚은 감은 셈이니 어쩌면 잘된 일인지도 모르지. 그래도 이 정도면 밑지는 장사는 아니니까.'

천종수 원장의 입가에 슬그머니 미소가 걸렸다.

"조필희 사무장 들어오라고 해."

띠, 천종수 원장이 인터폰을 눌러 사무장 조필희를 호출했다.

-네, 원장님. 바로 연락하겠습니다.

잠시 후.

"이봐, 조필희 사무장, 경촌교도소에서 온 죄수 새끼, 아무래도 한 일주일 우리 병원에 있을 것 같아. 수속 밟아 놓고, 관련 서류 꼼꼼하게 챙겨 놔. 수술비에 치료비, 입원비, 처먹는 식대에 생숫값까지, 10원 한 장 빠뜨리지 말고."

"네, 알겠습니다. 전부 챙겨 놓겠습니다."

"네가 직접 해. 밑에 애들 시키지 말고!"

"네네, 그렇게 하겠습니다."

"그리고 그 죄수 새끼, 되도록 병동 환자들 눈에 안 띄는 병실로 옮기고 철저하게 출입 통제해! 죄수 놈이 입원했다는 소문 퍼지면 좋을 거 하나도 없어! 어디서 굴러먹던 놈인지 어떻게 알아? 괜히 문제 생기면 골치 아퍼."

천종수 원장이 번들거리는 자신의 이마를 문질거렸다.

"네, 그렇지 않아도 조치해 뒀습니다. 아무 문제 없을 겁니다."

"그래? 잘했어. 내가 그나마 이 병원에서 믿을 사람은 조 사무장뿐이야. 다른 놈들은 당최 믿음이 안 가!"

"과찬이십니다. 그저 열심히 할 뿐입니다, 원장님!"

"그래그래. 조금만 고생해. 내가 섭섭지 않게 해 줄 테니까. 그나저나 김윤찬, 그 인간 잘 감시해! 왠지 느낌이 좋지 않아. 심장 스텐트 뭐 어쩌고저쩌고하는데, 뭔가 아는 것 같은 눈치야. 여기 있는 동안 철저하게 감시하도록 해. 나한테 일일 보고 하고. 알았나?"

"네, 그렇게 하겠습니다."

"서류 관리 철저하게 하고 있는 거지?"

"네, 걱정 마십시오."

"그래, 자네라면 뭐 걱정은 없지. 그리고 이리 와 봐."

아무도 없는데도 주변을 살피며 사무장에게 손짓하는 천종수 원장이었다.

"네, 말씀하십시오."

조필희 사무장이 가까이 다가가 천종수 원장의 입에 귀를 가져다 댔다.

"경촌에 주근식 과장, 그 새끼도 절대 믿을 위인이 못 돼. 괜히 방심하지 말고 타이트하게 관리해."

"네."

"적당히 쥐었다 폈다를 해야, 제멋대로 행동을 안 한다고. 묶어 둘 때는 확실하게 묶어 둘 필요가 있어."

"네, 알겠습니다."

"조 사무장, 사람 묶어 놓는 데는 이거만 한 것도 없는 거 알지? 이게 바로 인생의 진리야, 진리!"

천종수 원장이 비릿하게 씨익 웃자, 노랗다 못해 누런 금니가 번쩍거렸다.

"네, 명심하겠습니다."

조필희 사무장이 알겠다는 듯 머리를 주억거렸다.

동해병원 당직실.

지금 던져 봐야 그저 스트레이트 한 방일 뿐이다. 그래서는 안 되지. 링 구석에 몰아넣고 소나기 펀치를 퍼부어야 그로기 상태가 된다. 그래야 다시 못 일어나!

따라서 지금은 때가 아니야.

몰아가야 해, 구석으로.

차근차근.

띠링, 그 순간 이상종 교수로부터 문자가 도착했다.

[환자한테 허락받았고, 관련 자료 네 이메일로 모두 발송했다.]

"김윤찬 선생님! 바쁘십니까?"

그 순간, 레지던트 김정균이 양손에 커피를 들고 찾아왔다.

"아, 정균 씨! 아, 아뇨. 별일 없습니다."

"그러면 이거 한잔하실래요? 제가 직접 타 온 건데."

김정균이 들고 있던 머그 컵을 살랑거렸다.

"좋죠!"

"네네, 드세요. 그나저나, 선생님! 저 공보의 신청했습니다!"

"네?? 갑자기 그게 무슨??"

"아, 제가 원래 한번 결정하면 바로 질러 버리는 스타일이라서요. 전에 말씀하셨잖아요. 저랑 교도소 의무관으로 같이 있으면 좋겠다고요."

"아, 그거야, 그냥 인사……. 아니에요. 당연하죠, 같이 일하면 좋죠."

"그래서, 저도 확 질러 버렸습니다. 여기선 더 이상 배울 것도 없고요. 그렇다고 저 같은 지방대 출신을 받아 줄 병원도 마땅치 않아서 일단, 군 복무부터 마쳐 놓으려고요."

"아, 네. 근데, 저도 지방대 출신이에요. 명진대라고."

"후후후, 알아요."

김정균이 대수롭지 않다는 듯이 씨익거렸다.

"네? 알아요? 어떻게?"

"명진대 출신치고, 김윤찬 선배님 모르는 사람이 어디 있습니까? 명진대 의대생 중에 해부학 땡시 만점의 신화를 모르면 간첩이죠."

"아, 정말요?"

"그럼요! 장학금이란 장학금은 죄다 휩쓰시며 학점 4.44의 전설이신 선배님을 어떻게 모를 수가 있겠어요! 게다가 그

들어가기 어렵다는 연희병원을 뚫어 내셨잖습니까? 존경합
니다! 저의 롤모델이십니다!"

꾸벅, 김정균이 허리를 굽히며 인사를 했다.

어라? 김정균이 학교 후배라고??

"하아, 그러면 아까 수술방에선 왜 알은척 안 했어요?"

"그거야, 뭐 수술에 방해될까 봐서요. 아무튼 저, 선배님
과 함께 있으려고 공보의 지원했습니닷! 교도소 의무관은 앵
간하면 지원하면 보내 준다고 하더라고요!"

헤헤헤. 김정균이 해맑게 웃었다.

"그런 식으로 쉽게 결정할 일은 아닌데."

"아뇨! 어차피 여기서는 더 이상 배울 것도 없습니다. 여
긴 돌팔이들의 천국이에요, 천국!"

다가와 귀엣말로 속삭이는 녀석이 나름 귀여웠다.

이것도 인연이라면 인연일까?

어쩌면 잘된 일인지도 모르겠다. 김정균이라면 이 병원에
대해서 잘 알고 있을 테니까.

이렇게 난, 또 다른 인연과 연을 맺게 되었다.

"그래요. 저도 병무청 쪽에 알아보겠습니다. 같이 일할 수
있는지."

"야호! 감사합니다!"

김정균이 팔짝팔짝 뛰며 환호성을 질렀다.

일주일 후, 윤태주 병실.

3110 윤태주의 수술 부위 회복은 생각보다 빨랐다.

하지만 미남이 일로 식음을 전폐했던 탓에 몸 상태가 극도로 쇠약해져, 현재 그는 영양실조 증세를 보이고 있었다.

"야, 3110, 이렇게 식사를 안 하면 어떡하겠다는 거야? 너, 자꾸 이런 식으로 나가서 여기 계속 남아 있으려는 수작 아냐?"

김 교도관이 식사를 내오며 투덜거렸다.

"……."

"그래 봐야 소용없어! 어차피 이 병원은 오늘까지라고. 이제 교도소로 돌아가게 되어 있다고."

"……."

"버텨 봐야 너만 손해야. 괜히 골병 들지 말고 줄 때 먹어라. 보니까 교도소 밥보다 찬이 좋구먼."

탁, 김 교도관이 침대 밑 테이블을 끌어 올리고는 성의 없이 식판을 올려놨다.

바로 그때였다.

쾅! 병실 문을 열고 들어오는 한 남자. 그는 경촌교도소의 정직한 과장이었다.

헉헉헉, 얼마나 숨이 찬지 정직한 교도관이 양 무릎에 손을 엎고는 거친 숨을 몰아쉬었다.

"어? 정 과장님! 어쩐 일이세요?"

교도관이 깜짝 놀라 물었다.

"3110!! 미남이 찾았다!"

정직한 교도관이 굽혔던 몸을 바로 세우며 소리쳤다.

"네? 미남이를 찾았다고요!!"

그 순간, 3110 윤태주가 스프링처럼 침대에서 튀어 올랐다.

"그래, 인마! 지금 교도소 접견실에 있어."

"정말이에요??"

3110의 목소리가 파르르 떨렸다.

"정말이지 말고! 못 믿겠으면 꼬집어 주랴?"

"네네. 저, 저 좀 꼬집어 주세요! 도저히 믿기지가 않아서요!"

미남이를 찾았다는 소식에 창백했던 3110의 얼굴에 혈색이 돌았다.

"지, 지금 미남이는 어디 있어요? 혹시 같이 왔나요?"

"아니, 교도소 접견실에 있어."

"왜요? 데리고 오지 그랬어요?"

"후우, 어린 녀석이 고집이 보통이 아니어서 말이지. 때려죽어도 자기는 거기 있겠다더라. 아빠랑 만난 곳이 거기라고."

"미, 미남아!!"

어느새, 3110의 목소리가 젖어 있었다.

"게다가 병원이라서 데리고 오긴 좀 그랬어. 감염 문제도 있고. 그러니까, 빨리 몸 추스르고 퇴원해라. 그래야 미남이 만날 수 있을 거 아냐?"

"그럼 우리 미남이는요? 누, 누가 돌봐 주나요?"

"걱정 마, 김윤찬 선생이 잘 돌봐 주고 있으니까, 신기하게 그래도 김윤찬 선생은 따르더라? 의무관사는 따라가더라고."

"그래요? 다행이네요."

"그래, 그러니까 밥도 잘 챙겨 먹고 몸 추슬러. 미남이 보고 싶으면."

"아, 알았어요. 김 교도관님, 저 밥 먹을래요!"

그제야 식욕이 도는지 3110 윤태주가 숟가락을 들고 밥을 먹기 시작했다.

그렇게 며칠 후, 3110은 급속도로 병세가 호전되었고, 마침내 퇴원을 할 수 있었다.

♡

경촌교도소 접견실.

두근두근, 3110의 심장 소리가 바깥에서도 들릴 듯했다.

후우, 3110은 가슴에 손을 올려 쿵쾅거리는 심장 소리를 가라앉힌 후, 정직한 교도관과 접견실로 향했다.

끼이익, 그렇게 3110이 접견실 문을 여는 순간.

컹, 컹컹, 컹컹컹!

교도소 안이 떠내려 갈 것 같은 우렁찬 목소리가 울려 퍼졌다.

미남이는 이제 생후 2년 된 진돗개였다.

"미, 미남아!!"

그렇게 미남이의 모습이 보이자, 3110이 울음을 터트리고 말았다.

컹! 컹컹! 컹컹컹!

미남이 역시, 3110이 보이자 내 품을 벗어나 빛과 같은 속도로 그의 품으로 달려들었다. 한쪽 다리를 절뚝거리는 채로.

이 상황에선 잔잔한 배경음악이라도 하나 깔아 줘야 하는 거 아닌가?

아무튼, 두 부자(?) 간의 가슴 뭉클한 상봉이었다.

"미, 미남아! 이, 이게 어떻게 된 거야? 다리는 왜 그래? 터, 털은 왜 다 뽑인 거야? 응?"

3110이 미남의 목덜미를 만지며 기뻐했던 순간도 잠시, 미남이의 상태를 살핀 3110이 눈물을 훔쳐 내며 물었다.

키잉, 키잉.

3110의 온몸을 혀로 핥아 대는 미남이. 3110이 다리를 만지자 불쌍한 표정을 지었다.

"놀랍게도 미남이가 교도소를 찾아왔어."

정직한 교도관이 믿을 수 없다는 듯이 미남이의 머리를 쓰다듬었다.

"뭐, 뭐라고요? 미남이가요?"

"그래, 집에서 가출한 게, 널 찾아오려고 그랬던 것 같아. 처음에 웬 개 한 마리가 교도소 밖을 배회하길래, 누가 버리고 갔나 보다 했는데, 하루가 지나고 이틀이 지나도 가지도 않고 교도소 담벼락만 긁어 대더라고."

"그, 그랬어요?"

"어, 그래서 불쌍하기도 하고 그래서 밥을 갖다 놔줬는데, 먹지도 않더라고. 온몸의 털도 다 빠지고, 뼈만 앙상한 몰골로 그러고 있으니 더 측은하더라."

"미, 미남아! 왜 그랬어?"

키잉, 키힝잉.

혹시나 주인의 품에서 떨어질세라, 더욱더 3110의 품을 파고드는 미남이었다.

"너무 이상해서 녀석의 몸을 살펴봤더니, 이거 있더라. 이거 때문에 네 개인 걸 알았지."

[미남이 아빠, 윤태주 전화번호 010-XXXX-XXXX]

정직한 교도관이 미남이 목에 걸린 이름표를 내보였다.

"그랬구나! 그런데 다리는 왜 그런 거야?"

"그건 제가 말씀드릴게요. 아마도 미남이가 이곳까지 오는 데, 한 달은 걸린 모양이에요. 여기까지 찾아온 게 기적이죠. 근데, 경춘교도소까지 오려면 저기 매봉산을 넘어야 하잖아요. 미남이가 그 산을 넘다가 거기 멧돼지 잡는다고 쳐 놓은 덫에 걸린 모양이에요."

"……."

"어떻게 가까스로 벗어났는데, 다리가 이렇게 되어 버렸어요. 안간힘을 쓰다 뼈가 드러날 정도로 피부가 쓸려 나갔나 보더라고요. 제가 대충 치료는 해 뒀는데, 아무래도 수의사한테 데리고 가 봐야 할 것 같아요."

"엉엉엉! 미, 미남아!"

눈물에 콧물, 심지어 침까지. 3110이 오열하며 미남이를 부둥켜안았다.

나와 정직한 교도관은 둘이 부자지간의 정을 맘껏 나눌 수 있도록 한동안 그대로 놔두었다.

정말 눈물 없이는 볼 수 없는 부자 상봉의 시간이었다.

잠시 후.

그렇게 오랜만에 만나 부자간의 정을 나눈 3110과 진돗개 미남이. 둘은 단 일분일초도 떨어지려 하지 않았다.

"교도관님, 선생님! 저, 정말 죄송하지만, 안 되는 거 알지만, 우리 미남이랑 여기서 같이 살면 안 돼요?"

3110이 나와 정직한 교도관을 번갈아 바라보는 눈빛이 간절해 보였다.

"나도 생각해 보지 않은 건 아니지만. 3110, 그건 힘들 것 같다."

하아, 정직한 교도관이 안타까움의 한숨을 내쉬었다.

"어, 어떻게 안 될까요? 정말?"

"안타깝지만, 그럴 것 같아. 교도소에서 개를 키워 본 전례도 없고, 소장님이 허락을 안 해 주실 거야."

"그, 그런가요? 정말 어떻게 안 될까요?"

미남이를 부둥켜안고 있는 3110의 표정이 너무나 슬퍼 보였다.

"그래, 일단 누님한테 연락을 해서 데리고 가라고 해야 할 것 같아. 다음에 또 면회 오면 되잖니? 아쉽지만 어쩔 수 없어."

"그, 그래도 어떻게 안 될까요?"

여전히 포기할 수 없는 3110이었다.

"힘들 거야. 그건 나도 어떻게 할 수……."

"정직한 교도관님, 어려울 것 없을 것 같은데요?"

"네? 그게 무슨 말씀이시죠?"

"뭐, 전례야 만들면 되는 거고, 소장님 허락이야 받으면 되는 거잖아요."

"아, 그게 쉽지 않을 텐데요? 가뜩이나 소장님은 애완동물을 극도로 싫어하십니다. 개털 알레르기도 있고요."

"그래요? 아닐 텐데요?"

"네? 아니라니요?"

정직한 교도관이 알 수 없다는 듯이 고개를 갸웃거렸다.

"대신 소장님이 좋아하시는 걸 하나 던져 주면 될 겁니다. 그걸로 퉁칠 수 있을걸요."

"네? 그게 뭐죠? 쉽지 않을 텐데?"

"후후후, 아뇨. 세상에서 소장님 설득하는 게 제일 쉽거든요."

♥

허세 소장실.

나는 곧바로 허세 소장의 집무실로 찾아갔다.

"아니, 김윤찬 선생, 어떻게 이럴 수가 있는 겁니까?"

지역신문을 살펴보던 허세 소장이 심기가 불편한지 미간을 잔뜩 찌푸렸다.

"왜요? 무슨 일이 있습니까?"

"아니, 그게 아니라, 이거 이래도 되는 겁니까?"

허세 소장이 지역신문을 내게 펼쳐 보였다.

동해병원의 전폭적인 지원으로 3110 윤태주의 심장 수술을 성공적으로 마무리 지었다는 미담이 담긴 기사였다.

동해병원 천종수 원장은 인터뷰와 함께, 대문짝만하게 사진이 찍힌 반면, 허세 소장에 관한 내용은 잉크조차 찍히지 않은 기사였다.

허세 소장의 입장에선 당연히 섭섭할 수밖에.

"아, 그 기사요. 제가 경황이 없어서, 소장님을 소개하지 못했네요. 이거 어쩌지요? 제가 깜박했습니다. 정말 죄송합니다."

"쳇, 아니, 내가 조만간 중간 평가가 있다고 그렇게 신신당부를 했건만, 어떻게 이럴 수가……. 됐고! 나 바쁘니까 나가 보세요."

쿵, 허세 소장이 불편한 심기를 여과 없이 드러내며 퉁명스럽게 쏘아붙였다.

"네에. 그럼, 이만 나가 보겠습니다."

"……."

밴댕이 소갈딱지 같은 허세 소장이 의자를 빙그르 돌려 앉더니 말없이 손만 내저었다.

"근데, 소장님! 그게, 이번 기사는 1탄이고, 진짜는 2탄일 텐데요?"

"네? 뭐라고요?"

2탄이라는 소리에 허세 소장이 슬그머니 의자를 돌려 앉았다.

"네네, 이번에 취재 나온 박 기자님이 그러시던데, 이번 사건을 계기로 특집 연재를 할 계획이라고 하더라고요. 다음 편이 우리 교도소 편이거든요."

"저, 정말입니까?"

급히 안색을 바꾸는 허세 소장이었다.

"그럼요. 제가 제안한 건데요. 그래서 이번 기사엔 교도소 사연을 뺀 거예요. 다음번에 1면 헤드라인에 실으려고요! 그 때, 원장님 인터뷰 딸려고 그랬죠! 원래 슈퍼스타는 맨 마지막에 나오는 거잖습니까? 가왕 조용필이 첫 무대에 나오는 거 봤습니까?"

"하하하, 그야 그렇긴 하지. 그러면 진즉에 그렇게 말을 하지! 왜 나를 속 좁은 사람으로 만듭니까?"

"에이, 제가 말씀드리기도 전에 화부터 내셨잖아요?"

"앗! 그런가? 이거 괜히 민망하게 됐구먼. 그러면, 신문사 에서 언제 취재 온다고 하던가요?"

얼굴에 급 화색이 돈 허세 소장의 목소리가 잔뜩 들떠 있 었다.

"그거야 뭐, 소장님과 일정을 조율하면 언제든지 가능한 건데, 제가 실수를 한 게 하나 있는데…… 어쩌죠?"

"아, 그래요? 뭔데, 말해 보세요."

"실은 기자님한테 미남이 얘기를 해 버렸거든요."

"미남이? 그 3110이 키우던 개 말인가?"

미남이란 말에 허세 소장이 인상을 찡그렸다.

"네네, 미남이 얘기를 했더니 박 기자 왈, 스토리가 감동 적이라고 이번 기사에 꼭 넣었으면 좋겠다고 하더라고요. 그 래서 저도 좋다고 했죠. 가만히 생각해 보니, 소장님이 미남 이를 안고 다정하게 있는 모습을 카메라에 담으면, 훨씬 더 그림이 좋을 것 같아서요."

"내, 내가 개를 안고 사진을 찍는다고??"

"네, 처음엔 그렇게 생각했는데, 교도관님한테 여쭤보니 소장님이 개털 알레르기가 있다고 하시네요? 저는 그것도 모르고. 그만!"

"하아, 미치겠네. 나 정말 개털 알레르기 심하단 말이야! 개는 안 돼, 절대!"

"그렇죠? 안 되겠죠? 근데 어떡하죠? 박 기자님이 그러는 데, 미남이 사연이 안 들어가면 기사를 쓰기 힘드시다고 하 네요."

"뭐라고?? 그래도 안 돼!"

난감한 표정의 허세 소장이 입술을 잘근거렸다.

"안 되는군요. 미남이가 교도소에서 3110과 함께 살도록 허락해 주시는 인간적인 교도소장의 미담을 담고 싶다고 하 시던데. 그렇게 되면 아마 굉장한 반향을 일으키긴 할 텐데 아쉽네요. 그럼 할 수 없이 취소하는 수밖에요. 박 기자한테는 그렇게 전하도록……."

"김윤찬 선생! 자, 잠깐만. 지금 누가 허락을 안 한다고 했나? 그러면 내가 뭐 하나만 물어봄세."

기사를 철회한다는 소리에 몸이 달았는지, 허세 소장이 내 팔목을 붙잡았다.

"네, 말씀하세요."

"그러면 말이야. 혹시 개털 알레르기 같은 거 예방할 수 있는, 뭐 그런 약도 있나?"

"물론이죠. 제가 알레르기 약을 처방해 드리겠습니다!"

"그, 그래? 그 약 먹으면 두드러기 같은 거나 기침도 안 나나?"

"아마 그럴걸요."

"흠흠흠, 좋아, 그러면 허락함세. 뭐, 알레르기만 없다면야, 뭐."

허세 소장이 마지못해 허락해 주는 척을 했다.

"정말입니까? 그러면, 교도소에서 미남이 키워도 되는 건가요?"

"흐음, 인터뷰만 하고 내보내면 안 될까?"

허세 소장이 얄팍한 잔대가리를 굴리려 했다.

"에이, 그게 말이 됩니까? 기자들이 어떤 사람들인데요? 나중에라도 교도소에 와서 미남이 없는 거 보면, 뭐라고 하겠어요? 그땐, 진짜 개망신당할 수도 있어요, 소장님!"

"그, 그런가?"

"물론이죠. 우리 소장님이 기자들을 너무 물로 보시네."

"하아…… 알았어. 그러면 키우는 건 허락할 테니까, 제발 내 눈에는 안 보이게 해 줄 수 있지? 그거 약속하면 허락함세."

"물론이죠! 절대로 소장님 눈에는 띄지 않게 조심하겠습니다."

"아, 알았어. 그럼 그렇게 하는 걸로 하고, 기자 양반한테 인터뷰하겠다고 전해."

"네, 알겠습니다!"

"에이, 난 개는 정말 질색인데."

쳇, 허세 소장이 여전히 불만이 많은 듯 입을 삐죽거렸다.

"소장님, 그 먼 곳에서 여기까지 주인을 찾아 달려온 영특한 개예요. 혹시 알아요, 탈옥수가 생기면, 미남이가 잡아올지?"

"음…… 그런가? 그 개가 그렇게 영특해?"

"물론이죠. 엔간한 사람보다 머리가 좋아요, 미남이!"

난 소장을 향해 엄지를 추켜세웠다.

"그런가?"

그 말에 솔깃했는지, 허세 소장이 고개를 갸웃거렸다.

거봐, 내가 뭐라고 했나? 세상에서 젤 쉬운 게 소장님 설득이라고 하지 않았나?

단 몇 번의 펌프질에 홀딱 넘어온 허세 소장이었다.

그렇게 어렵지 않게 허세 소장을 설득해 미남이를 교도소에서 키울 수 있게 되었다.

3110 수술도 잘 끝났고, 이렇게 미남이도 교도소에서 키우게 되었으니, 그다음은 썩은 내 폴폴 나는 쓰레기의 정체를 밝힐 때였다.

주말, 미남의 교도소 입성 축하를 핑계 삼아 교도소에서 가장 믿을 만한 사람인 정직한 과장을 관사로 초대했다.

아군이냐, 적이냐

"의무관님, 저 왔습니다."

정직한 교도관이 양손에 휴지 꾸러미와 세제를 들고 관사를 찾아왔다.

"어서 오십시오, 정 교도관님!"

"이거 약소하지만 받으십시오."

"아니, 뭐 이런 걸 사 가지고 오셨습니까, 부담스럽게."

"그런가요? 그럼 그냥 가지고 갈까요?"

"에이, 그러시면 곤란하죠, 예의상 그런 건데. 그렇지 않아도 필요했던 물건입니다."

"하하하, 그렇습니까?"

"그럼요. 그나저나 잠시만 기다리십쇼. 제가 음식을 좀 내오겠습니다."

"아이고, 직접 요리까지 하셨습니까?"

"네네, 중국집 주방장이 아주 요리 솜씨가 좋더라고요!"

"앗! 그런 거였군요."

"흐흐흐, 저한테 너무 많은 걸 기대하셨나 봅니다."

그렇게 중국 음식으로 점심을 때운 나와 정직한 과장은 커피를 마시며 마주 앉았다.

"3110의 일이 잘 마무리되어서 다행입니다."

후룩, 정직한이 커피를 한 모금 베어 물며 말했다.

"네, 다행이에요. 조금만 늦었어도 큰일 날 뻔했어요."

"그러게 말입니다. 의무관님 덕분에 태주가 살았습니다. 게다가 미남이까지 같이 살게 되었으니, 얼마나 좋아요. 태주 이 녀석, 표정이 한결 밝아졌어요."

"잘되었어요. 부자지간이 함께 있는 모습이 참 보기 좋더라고요. 그나저나 미남이가 개였다니, 전 진짜 깜짝 놀랐습니다."

"하하하, 그러셨을 겁니다."

"네, 무척이나 놀랐죠. 그리고 정 교도관님은 재소자들에게 정말 따뜻하게 대해 주시는 것 같네요."

"네에, 태어날 때부터 악한 인간은 없다고, 다들 이런저런 상황 때문에 실수를 했는데, 근본은 선한 녀석들입니다. 3110도 그렇고, 그 방 녀석들도 다들 착하고 순박한 애들이에요. 특히, 태주 같은 경우는 억울한 면도 좀 있고요."

정직한 교도관이 안타까운 듯 입술을 잘근거렸다.

"네에, 저도 사연은 들어서 대충 입니다. 배형인가 하는 사람의 죄를 대신 뒤집어썼다면서요?"

"네, 그 인간이 바지 사장으로 태주를 내세워 놓고, 백억 대 사기를 쳤으니까요. 어쩔 수 없이 태주가 죄다 뒤집어쓴 케이스입니다. 정말 안타깝죠, 이런 걸 보면."

"그래서 더 미남이 일에 신경을 많이 쓰신 거군요?"

"어떡합니까, 제가 도와줄 수 있는 게 그것뿐인데."

정직한 교도관이 안타까운 듯 손톱을 만지작거렸다.

허세 교도소장.

겉으로 드러난 것보다 훨씬 더 허당인 인간. 치밀한 것 같지만 허술한 사람이었다. 회귀 전 기억을 더듬어 보면 이 교도소에서 이름만 소장일 뿐, 속 빈 강정이었다.

게다가 변덕스럽기까지 한 사람이라 믿을 수가 없다.

그렇다면 김봉구 계장?

지금까지 봐 온 모습으로 볼 때, 합리적이고 유한 성격을 가지고 있지만, 왠지 꺼려진다고나 할까?

아무튼, 느낌이 썩 좋은 사람은 아니었다.

그렇다면 남은 사람은 정직한 과장뿐.

지금의 상황과 회귀 전 그의 모습을 떠올려 볼 때, 그가 내 편으로 만들 수 있는 유일한 인물이었다.

그렇다고 내 속내를 완전히 드러낼 순 없겠지만 말이다.

아직은 탐색전이 필요한 시점이었다.

"정 교도관님, 제가 궁금한 게 있어서 그러는데, 뭐 하나만 여쭤봐도 되겠습니까?"

"네, 말씀하십시오."

순간, 정자세를 취하는 정직한 교도관이었다.

"아뇨, 심각한 건 아니고, 재소자들 진료를 하다 보니 좀 이상한 게 있어서요."

"뭡니까, 그게?"

확실히 긴장한 모습이 역력했다.

"다름이 아니라, 재소자들 중에 심장 소리가 썩 좋지 않은 이들이 몇몇 있더라고요. 특히, 3487 왕주태 씨는 협심증이 의심되는데, 니트로글리세린이나 질산염 제제, CCB(칼슘 채널 차단제) 같은 처방이 없더라고요. 이게 어떻게 된 겁니까? 동해병원에서 정기적으로 건강검진을 하는 걸로 아는데."

"아, 그렇습니까? 그건 저도 잘 모르겠는데요? 그런 건 안 주임이나 김봉구 계장님께 확인을 해 보시는 것이 좋을 것 같네요."

"아, 그렇습니까? 그래야겠군요. 과장님이 재소자들의 사정을 잘 아시는 것 같아서 여쭤봤습니다."

"아, 네. 그나저나 왕바리가 많이 아픈 겁니까?"

정직한 교도관이 걱정스러운 듯 물었다.

"왕바리가 누구?"

"아, 네, 3487의 별명입니다. 발이 하도 커서 별명이 왕바리죠. 워낙 성실한 놈이라 수감 생활도 모범적이고, 사회 나가면 목수가 되겠다고 목공일도 열심히 배우는 녀석입니다. 한때 실수는 했지만, 정말 착한 놈이죠."

재소자들의 별명까지 속속들이 알고 있을 정도로 정직한은 재소자들과 친밀한 관계였다.

분명, 이 사람이라면 뭔가 나를 도와줄 수 있을 거야!

"네, 100% 확신할 순 없지만, 상당 부분 협심증이 의심됩니다. 이대로 놔두면 나중엔 심근경색으로 발전할 수 있어요. 흔히 아는 심장마비가 협심증이나 심근경색이 원인이거든요."

"그렇습니까? 그러면 치료를 해야겠네요."

"네. 일단은 심한 건 아니니, 제가 관찰해 보면서 진료하면 될 겁니다."

"네, 그렇군요. 잘 부탁합니다."

"뭐, 그건 그렇다 치고, 몇 가지만 더 여쭤봐도 되겠습니까?"

"허허, 점점 이 자리가 불편해지려고 하는데요?"

내가 조금씩 질문의 강도를 높이려 하자, 정직한 교도관이 슬쩍 발을 빼는 모양새였다.

"아뇨, 아뇨. 과장님께 부담을 드리려는 게 아니라, 의사로서 재소자들의 건강을 정확히 파악할 필요가 있을 것 같아서요. 김봉구 계장님은 좀 어렵더라고요. 제가 낯을 좀 가리는 편이라서요. 솔직히 정 과장님이 훨씬 편합니다, 저한테는."

하하하, 나는 조금 더 이 사람과 친밀해질 필요가 있었다.

"아, 네. 김 계장님도 겉으로만 그러신 거지, 원래 속정이 깊으신 분입니다. 사정이 딱한 재소자들을 위해 사비를 털어 영치금도 넣어 주시는 분이니까요."

"아, 그러시군요. 그러면 주근식 과장님은 어떠십니까? 그분은 지난번 일로 저와 사이가 좀 서먹서먹해져서 그런지, 영 대하는 게 껄끄러워서요."

"주근식 과장이라……."

하아, 주근식 과장이란 말에 정직한이 긴 한숨을 내쉬었다.

"왜요? 무슨 일이 있습니까?"

"아뇨. 주 과장은 뭐, 자기 맡은 바 업무에 충실한 사람이죠. 재소자들은 법을 어긴 범죄자란 인식이 강해요. 아무리 재소자가 착하다고 해도, 그들이 지은 죄가 용서되진 않는다는 주의죠."

"음, 틀린 말은 아니군요."

"네, 재소자들에게 사적인 감정 따윈 사치라는 생각을 가지고 있는 사람입니다. 솔직히 사치란 단어보단, 경멸이라는 게 더 어울릴 것 같긴 하네요. 그들도 분명 피치 못할 사정이 있는 건데."

흐음, 정직한이 안타까운 듯 아랫입술에 침을 둘렀다.

확실히 정직한과 주근식, 이 두 사람은 결이 다르다. 물과 기름처럼 절대로 섞일 수 없는 사람들이야.

이쯤 되면 탐색전은 끝났다.

잽이나 한 대 날려 볼까?

"그렇군요. 저, 마지막으로 하나만 더 여쭤도 될까요?"

"허허허, 되긴 하는데, 점점 질문의 강도가 세지는 것 같아서 부담스러운데요?"

"그런가요. 제가 원래 궁금한 게 생기면 잠을 못 자는 성격이라서요."

"아무리 봐도 그러신 것 같습니다. 그래요, 그 마지막 질문이라는 게 뭡니까?"

"혹시 분식회계란 말을 들어 보신 적이 있으십니까?"

"분식회계요?"

"네."

"네, 뭐, 뉴스나 경제 기사를 보면 가끔 나오는 단어라 들어는 봤습니다. 그런데 그건 왜요?"

정직한 고개를 갸우뚱거리며 물었다.

"잘 아시겠지만, 분식회계란 기업의 실적을 과대 포장 하기 위해서 회계장부를 조작하는 겁니다. 가상의 매출을 잡거나, 비용을 최소화해서 표면상 기업의 실적이 좋게 보이도록 하는 불법행위죠."

"네, 대충 저도 그 정도는 알고 있습니다."

"우리 교도소도 그와 비슷한 행태가 이뤄지고 있는 것 같은데 말이죠. 제가 그걸 좀 바로잡아 보려고 합니다. 저를 좀 도와주시죠."

"네? 그, 그게 무슨 말입니까? 저는 의무관님이 무슨 말씀을 하시는 건지 모르겠군요. 우리 교도소가 기업도 아니고 무슨 분식회계를 한다는 겁니까?"

정직한이 정색하며 대답했다.

"의료 분식회계! 없는 수술을 만들어 내기도 하고, 하지도 않은 건강검진을 했다고 보고해 올리면, 그게 분식회계와 뭐가 다릅니까?"

"아, 지금 의무관님이 무슨 소리를 하시는지 잘 모르겠군요. 저는 아는 바가 아무것도 없습니다. 지금 의무관님이 하신 말씀은 못 들은 걸로 할 테니, 더 이상 저한테는 묻지 말아 주십시오. 점심 맛있게 잘 먹었습니다. 그러면 이만 가 보겠습니다."

정직한 교도관이 황급히 자리에서 일어났다.

"아뇨, 정 교도관님은 너무나 잘 알고 계십니다."

"네? 그게 무슨 말씀이십니까?"

"지금 그렇게 발끈하시는 모습이 모든 걸 증명하는 거죠."

"괜히 절 떠보시려는 것 같은데, 이쯤에서 끝내시죠."

"네? 그게 무슨 말씀입니까?"

"흐음, 의무관님이 지금 무슨 엉뚱한 생각을 하시는지는 잘 모르겠지만, 제가 주제넘게 충고 하나 해 드려도 되겠습니까?"

"네, 얼마든지요."

"네, 허락하셨으니 그럼 하겠습니다. 때론 해서 되는 일과 해서는 절대 안 되는 일이 있습니다. 지금 상황은 후자예요."

"계속해 보시죠."

"간단히 말단 교도관 몇몇 친다고 해결될 일이 아닙니다. 위험해질 수 있으니, 이쯤에서 포기하십시오!"

정직한 교도관이 단호한 어조로 말했다.

"후후, 그렇게 말씀하시니 더 확신이 생기는군요. 몇몇 교도관을 왜 쳐야 할까요? 과장님 말씀대로 아무 문제가 없다면 말이죠?"

"아, 아니, 그건 말이 그렇다는 거고……. 하아, 아무튼 이건 계란으로 바위를 치는 거라고요. 잘못하면 의무관님이 다치십니다."

"제가 의사입니다. 다치면 치료하면 되죠. 그리고 계란으로 계속 치다 보면 바위도 금도 가고 결국 깨지는 겁니다. 제가 너튜브에서 봤어요. 과장님께 보여 드릴까요?"

"제가 지금 의무관님과 농담 따 먹기나 할 시간이 없습니다. 아무튼, 전 모르는 일입니다. 이런 일이라면 다시는 절 찾아오지 마십시오."

내가 노트북을 꺼내려고 하자 정직한 교도관이 자리에서 벌떡 일어났다.

"네, 아직은 생각할 시간이 좀 필요하시겠죠. 충분한 시간을 드리겠습니다."

"아뇨, 전 아무것도 모르고, 생각할 필요도 없습니다."

정직한 교도관이 냉정하게 돌아섰다.

"3487! 왕주태가 바로 그 증거입니다."

"......"

왕주태라는 말이 나오자, 정직한이 발걸음을 멈춰 세웠다.

"왕주태는 장부엔 기록된 것이 없지만, 협심증 약을 복용하고 있었어요. 누군가가 3487이 협심증이란 걸 알고 있고, 그에게 약을 제공한 거겠죠. 그 말은 다시 말하면 왕주태가 앓고 있는 협심증을 누군가가 묵살했다는 뜻이 되겠죠."

"......"

"왕주태에게 사비를 털어 협심증 약을 제공해 준 사람이 정 교도관님 아니십니까? 전 확신하고 있습니다만."

"의무관님, 정말 계란으로 바위를 칠 자신이 있는 겁니까?"

내 말이 끝나자 두 주먹을 말아 쥐는 정직한 교도관. 말아
쥔 두 주먹이 미세하게 흔들렸다.

그건 정직한 교도관의 심경에 변화가 있다는 뜻.

난, 이 순간을 놓칠 수 없었다.

"더 이상 3487이나 3110 같은 피해자가 나오면 안 되지
않습니까? 3110은 자칫 생명을 잃을 뻔했어요. 전, 과장님의
도움이 필요합니다! 과장님이 모르는 또 다른 피해자들이 더
있을 수도 있어요. 3110과 3487은 빙산의 일각이니까."

강원지사배 교도소 합창 대회

난 확실히 기억하고 있다. 회귀 전, 3487은 협심증을 앓고 있었다.

난 협심증 진단을 내렸고 병원 입원을 권유했지만, 교도소 측에서 이를 묵살했었다.

왕주태의 수감 생활이 불량하며, 병원에 입원하면 어떤 짓을 할지 모른다는 것이 그 이유였다.

그 당시에 난 그들의 말을 믿었다.

아니, 믿었다기보단, 그냥 믿고 싶었다는 게 더 정확한 표현이리라.

하지만 그 말은 정확히 틀렸다.

왕주태는 누구보다 성실하게 수감 생활을 하고 있었고, 자신이 저지른 잘못을 뼈저리게 후회하고 반성하고 있는 재소자였다.

그렇다면 왜?

이유는 단 한 가지, 남는 게 없어서였다.

보통 이런 경우, 수감자가 외부 병원에 나갈 수 있도록 보호자나 그의 가족들이 적극적으로 나서는 경우가 많은데, 왕주태는 일가친척 하나 없는 사고무친이었으니까.

결국, 돈이 안 되어서였다.

그런 왕주태를 정직한이 사비를 털어 도움을 줬던 것이다.

그런 사람이라면 내 편이 될 수 있을 거라는 게 내 생각이었다.

"가라앉은 빙산을 세상 밖으로 끄집어내려면, 그만한 각오는 하셔야 할 겁니다. 그저, 어쭙잖은 영웅심의 발로라면 포기하십시오."

"저는 영웅이 되려는 게 아닙니다. 그저 의사가 되고 싶을 뿐이죠. 의사로서 아픈 환자를 그냥 지나칠 수 없어서죠. 재소자든, 일반인이든 저한테는 똑같은 환자일 뿐입니다. 저울에 올려봐도 결코 한쪽으로 기울지 않아요. 근데, 애초에 기울어진 저울이라면 바로잡아야 하지 않겠습니까?"

"의무관님이 다치실 수도 있습니다. 그래도 하시겠습니까?"

"정 교도관님이 계신다면, 덜 아플 것 같군요."

"……흐음, 의무관님, 술 좀 하십니까?"

정직한이 고개를 숙인 채 잠시 머뭇거리더니 천천히 고개를 들어 올렸다.

"없어서 못 마십니다."

"그렇습니까? 저랑 한잔하시죠. 이런 얘기를 커피나 홀짝거리면서 할 순 없지 않습니까?"

"후후후, 좋습니다. 저도 때마침 소주 한잔 마시고 싶었습니다."

"잘됐군요. 잠시 후에도 의무관님이 멀쩡하시면, 그때 답을 드리죠."

"술 좀 하시나 봅니다?"

"없어서 못 마십니다."

"좋습니다. 가시죠."

그렇게 그날 밤, 단 한 번도 술 내기에서 져 본 적이 없던 난 역사상 최대 강적을 만났지만, 악으로 깡으로 버텨 냈다.

잠시 후, 인근 선술집.

테이블 주변에 널브러진 소주병만 수십 개였다.

"꺼억, 요즘 병원에서는 술 마시는 것만 가르칩니까? 이 정도면 실려 가야 정상인데?"

머리까지 벌겋게 달아오른 정직한의 말이 꼬였다.

"꺼억, 포기하시는 겁니까? 아무튼, 이제 내가 이긴 겁니다?"

"아니지. 아, 아직은 아니지. 지금부터 시작이지. 아줌마! 여기 소주 두 병만⋯⋯."

쾅!

연신 손을 내젓더니 정직한 교도관이 테이블에 이마를 박고 쓰러졌다.

'후후후, 허구한 날 알코올 냄새를 맡았더니, 이게 술인지 물인지 구분이 가질 않더라고요. 이렇게 되면 내가 이긴 거니까 저와 함께 가시는 겁니다.'

음냐음냐, 정직한이 코까지 골며 깊은 잠에 빠져들었다.

"아줌마! 여기 소주 한 병만 더 주십쇼."

"아이고, 이게 벌써 몇 병째야? 그만 마시지, 총각? 저 냥반은 이미 뻗었는데."

쯧쯧쯧, 주인아주머니가 주변을 둘러보시더니 혀를 찼다.

"아뇨, 안주가 좀 남아서요. 우리 고함 교수님이 그러셨거든요. 안주 다 떨어지기 전 술병 놓는 거 아니라고."

딸꾹, 나 역시 어느새 취기가 올라오는 것 같았다.

다음 날, 교도소 의무실.

아침 커피를 내려 마시는데, 정직한 교도관이 손바닥으로

배를 문지르며 의무실 안으로 들어왔다.

"어제 어떻게 된 겁니까?"

"기억이 안 나시나 봅니다?"

"네에. 그게, 마지막에 필름이 끊겨서요. 그나저나 제 이마가 왜 이렇게 멍이 들었습니까? 혹시, 의무관님이 때리셨습니까?"

"하하하, 그거 본인이 그런 겁니다. 술 드시다 테이블에 박으신 거라고요."

"에이, 그럴 리가. 온몸이 욱신거리는 걸 보니, 아무리 생각해도 내가 얻어맞은 거 같은데, 여기서 진단서도 떼어 줍니까? 깽값 좀 받아야 할 것 같은데요."

"어이없네요. 아직 술이 덜 깨신 것 같은데, 이거 한 잔 드시고 정신 차리시죠."

또르르, 난 머그 컵에 커피를 따라 그에게 내밀었다.

"쓰읍, 이거 가지곤 어림없는데."

홀짝, 정직한이 받아 든 커피를 마시며, 한 손으로는 자신의 배를 문질거렸다.

"속은 괜찮으십니까? 위장약이라도 하나 드려요?"

"정진제약 거 있습니까? 그 쭉 빨아 먹는 거요."

"갤탁이요?"

"네, 갤탁!"

"아뇨, 갤탁은 없고 위장겔이라고 유사품이 있긴 한데, 이

거라도 드릴까요?"

"네, 그러시죠."

"그나저나 위장갤 이건, 시중에선 잘 안 쓰는 약인데? 황웅제약? 여긴 규모가 큰 제약 회사도 아니거든요."

"당연하죠. 우리 교도소에선 그거 말곤 쓰고 싶어도 못 써요. 그 제약 회사 김치환 대리가 담당인데, 그 사람이 주근식 과장이랑 고향 선후배 사이라네요. 아이고, 배야~."

"아…… 그렇습니까? 앞으로는 갤탁을 좀 가져다 놔야겠군요."

"뭐, 그래 주신다면 저 같은 주당은 완전 환영이죠."

쭈욱, 정직한 교도관이 위장갤 튜브를 끝까지 밀어 올렸다.

난 단번에 정직한이 무슨 얘기를 하고 싶은지 알 수 있었다. 일단, 제약 회사와의 검은 커넥션부터 살펴보자는 신호였으리라.

조금만 기다려라.

야금야금 쌓아 가다 한 번에 쏟아 내리라. 피할 겨를이 없도록!

의무실.

"선생님, 저, 배가 너무 아파요!"

"선생님, 치질이 생긴 것 같아요! 앉아 있을 수가 없습니다."

어느새, 내가 3110 윤태주를 살렸다는 소문이 퍼졌고, 그로 인해 환자들이 조금씩 늘어나고 있었다.

"선생님, 저, 거기가 쫌 이상합니다."

또 한 명의 환자, 수형번호 3990 변태준이었다. 그가 이마를 문질거리며, 자신의 아랫도리를 가리켰다.

"어디요? 배가 아파요?"

"아, 아뇨, 거기보다 쫌 더 아래요."

쑥스러운 듯, 3990이 쫌 더 아래쪽을 가리켰다.

"아니, 남자만 있는 교도소에서 거기가 왜 아픕니까?"

"하아, 그게, 똘똘이가 그게, 그냥 밤마다 성질을 내는 바람에, 그게. 그게 쫌."

헐, 뻔하다.

끓어오르는 젊은 혈기를 참지 못하고 밤마다 자위를 해 댄 것.

오염된 손으로 중요 부위를 만지고 흔들었으니, 바이러스에 감염될 수밖에.

"바지 벗어 보세요."

"바, 바지요?? 그냥 약이나 처방해 주시면 안 될까요?"

"벗어요. 상태를 확인해 봐야 처방을 할 것 아닙니까?"

난 라텍스 장갑을 꺼내 끼며 말했다.

"아, 알겠습니다."

3990이 주섬주섬 바지를 내려 중요 부위를 내보였다.

"이게 뭡니까? 다 썩었네, 썩었어."

성기 주변에 염증이 산재해 있었다.

"하윽, 죄송합니다, 선생님."

"하여간, 좀 참든가. 정 못 참겠으면 손이라도 깨끗이 씻든가요. 오염된 손 때문에 감염된 거 아닙니까? 엄청 간지럽고 쓰라렸을 텐데?"

"네, 죽는 줄 알았어요."

"어휴, 아무튼 당분간 이불 따로 쓰세요. 다른 사람들한테 옮길 수 있으니까요. 주사 맞고, 항생제 처방해 줄 테니까 꼬박꼬박 챙겨 먹어요."

"네. 저, 이거 못 쓰는 거 아니죠?"

"못 써요, 계속 이렇게 잡고 흔드시면. 그러니까 당분간 자제하세요. 절대 손대지 마시고요. 알았죠?"

"네에, 알겠습니다. 앞으로 이틀에 한 번만 하겠습니다."

헐, 뭐냐! 그러면 매일 그걸 했단 말이야?

"헐, 그걸 매일 했습니까?"

"죄송합니다. 어쩔 수 없어요. 자다가도 불끈거려서요."

"어휴, 이제부턴 금딸입니다. 출소한 후에 좋은 인연 만나셨을 때, 괜히 후회할 일 하지 말아요. 제 말 명심하는 게 좋을 거예요."

"네, 알겠습니다!"

"의무관님, 소장님이 찾으십니다."

그 순간, 안 교관이 의무실로 들어왔다.

"네? 무슨 일입니까?"

"저도 잘은 모르겠습니다. 뭐, 합창 뭐, 어쩌고 하시던데
요?"

"합창요?"

"네, 잘은 모르겠지만, 격년에 한 번씩 교도소 합창 대회
가 열리는데, 그것 때문인 것 같네요?"

"네? 합창 대회요? 그게 나랑 무슨 상관일까요?"

"모르겠네요. 아무튼 소장님이 찾으십니다."

"네, 일단 3990 주사 한 대 놔 주고 바로 가겠습니다."

"네, 천천히 일 보시고 올라오십쇼. 그나저나 저 인간, 또
그거죠?"

"네? 아, 네. 알고 계셨어요?"

"으이그, 화상아! 그만 좀 잡고 흔들어라, 어? 하여간 네가
가지고 있는 빨간책, 다 압수야!"

짝, 안 교도관이 3990의 등에 '등짝 스매싱'을 날렸다.

"아악, 제발 그것만은!!"

3990이 자신의 머리카락을 쥐어뜯으며 절규했다.

허세 교도소장실.

"소장님, 찾으셨다고요?"

"아이고, 어서 와요, 김윤찬 선생. 거기 앉아요!"

"네, 소장님."

"요즘 의무실에 환자가 많다면서요? 힘들죠?"

지역신문 특집에 이곳 경촌교도소 기사가 실린 이후로 나에 대한 대우가 달라진 허세 소장이었다.

"네, 갑자기 환자가 많아졌네요."

"흠, 조금만 참아요. 공보의 TO가 나오는 대로 부사수 하나 붙여 줄 테니까."

"네, 감사합니다."

"그건 그렇고, 내가 김윤찬 선생을 부른 이유가 있어요. 이거 좀 보시죠."

허세 소장이 돌돌 말려 있는 포스터 한 장을 내게 내보였다.

뭐야? 강원지사배 교도소 합창 대회?

"이게 뭡니까?"

"뭐긴 뭡니까, 말 그대로 합창 대회죠."

"아, 네. 우리 교도소도 이 대회에 참가하나요?"

"당연하지. 내가 클래식을 얼마나 좋아하는데. 당연히 참

가해서 우리 교도소의 위상을 만방에 과시해야죠."

"아, 네. 그런데 왜 저를 보자고 하신 겁니까?"

"왜긴, 우리 교도소 합창단 단장을 김윤찬 선생이 맡아 줬음 해서요."

"네?? 제, 제가 단장을요? 제가 뭘 안다고요?"

"에이, 그렇게 뺄 거 없어요. 가방끈도 길겠다, 전에 회식 때 보니까 노래도 제법 잘하드만."

허세 소장이 나를 보며 눈을 흘겼다.

"아니, 그거야 그냥 노래방에나 통하는 실력이죠. 제가 합창에 대해서 뭘 안다고……."

"누가 노래를 가르치랍니까? 합창단원 선발하고 관리하고, 애들 데리고 연습시키고 뭐, 그런 거 하라는 거지."

"아, 네. 그렇지만 아무리 그래도 합창을 하려면 노래를 가르칠 선생님이 있어야 하지 않을까요? 보니까 규모가 상당한 것 같은데, 괜히 나갔다가 망신만 당하면 어떡합니까?"

"흐흐흐, 그런 걱정은 붙들어 매셔. 내가 연주대 음대에서 선생님을 초빙했으니까!"

연주대 음대라……. 거긴 미연이 모교인데.

"음악 선생을요?"

"그래요. 음대 내에서도 소문난 재원이라고 하드만. 거기 음대 장 교수가 나랑 고향 불알친구인데, 장 교수 제자야. 아마 일주일에 한 번씩 와서 노래를 가르쳐 줄 거요."

"아, 네. 그렇군요."

"그나저나, 올 시간이 됐는데?"

허세 소장이 손목시계를 살펴보며 고개를 갸우뚱거렸다.

바로 그때였다.

"소장님, 저 왔습니다."

그 순간, 소장실로 누군가 들어왔고, 등 뒤에서 들린 그녀의 목소리는 너무나 익숙했다.

"어서 와요. 미연 양!"

미, 미연? 서, 설마??

그 순간, 가슴이 쿵 하고 떨어지는 느낌이었다.

"서로 인사합시다. 이쪽은 우리 교도소 의무관, 김윤찬 선생! 미연 양, 인사해요!"

허세 소장이 호들갑을 떨며 나와 그녀를 소개했다.

"안녕하세요. 이미연이라고 합니다. 이번에 합창 대회가 열린다고 해서 왔어요."

그녀가 해맑게 웃으며 나에게 인사했다.

긴 생머리.

하얀 피부에 웃을 때마다 눈이 반달 모양으로 되는 그녀.

그리고 왼쪽 코끝에 걸린 점 하나.

"……."

쿵.

놀이 기구를 타고 떨어지듯 온몸에서 피가 빠져나가는 느낌이었다.

난 아무 말도 할 수 없었다.

'안녕하세요!'라고 말해야 하는데, 차마 입술이 떨어지지 않았다.

내가 어찌 그녀의 모습을 몰라볼 수 있겠는가?

그녀는 그토록 꿈에 그리던 내 아내 이미연이었다.

"뭡니까, 김 선생? 인사 안 해요?"

내가 멍하니 가만있자, 허세 소장이 채근했다.

"아, 네. 죄송합니다. 김윤찬이라고 합니다. 이 교소도 의무관으로 일하고 있습니다."

당황스럽다.

솔직히 당황스럽다기보단 당혹스러웠다.

아니, 이건 있을 수 없는 일이었다.

원래대로라면 난 미연이를 4년 후에나 만날 수 있는 운명이었으니까.

그리고 이곳이 아니라, 서울시향에서 연주하는 미연이를 말이다.

우리 둘은 이렇게 여기서 만나게 될 인연이 아니었다.

"하하하, 김윤찬 선생! 얼굴이 빨개졌네? 허구한 날 시커먼 놈들만 보다가 아름다운 미연 양을 보니, 쑥스러운가 봅니다! 두 사람, 앞으로 잘 부탁합니다."

아무것도 모르는 허세 소장이 깔깔거리며 날 놀려 댔다.

"네, 소장님."

"……."

미연은 그 말에 미소로 화답했지만, 난 그럴 수 없었다.

내 존재를 모르는 그녀와 나의 반응은 당연히 다를 수밖에.

"하하하, 우리 김윤찬 선생이 생각보다 숫기가 없군요. 아, 맞다! 내 정신 좀 봐. 눈치가 없어도 이렇게 없을 수가 있나? 다 늙어 가지고 선남선녀를 앉혀 놓고 내가 너무 주책을 떨었나 보군! 자리를 비켜 줘야 하는데 말이야."

"아, 아닙니다."

"아니긴! 얼굴에 다 써 있구먼. 그러지 않아도 볼일이 있어서 나가려던 참입니다. 두 사람, 합창단 일로 이것저것 상의할 것도 많은데, 좋은 대화 나눠요. 여기 교도소라 어디 갈 만한 데도 없어요. 여기가 최고 아늑합니다."

"아, 네."

이미연이 소담스럽게 고개를 주억거렸다.

"……."

"네네, 맘껏 대화 나누세요. 다만, 먹고 난 후에 뒷정리는 깔끔하게 해 주십시오. 잔은 잘 씻어서 저기에 넣어 두시고. 쿠키 부스러기는 알죠? 저거로."

허세 소장이 턱짓으로 휴대용 빗자루와 쓰레받기를 가리

켰다.

하여간, 깔끔 떠는 덴 병적인 허세 소장이었다.

"네에, 소장님."

그녀가 또 해맑게 웃는다.

웃을 때마다 소담하게 피어나는 보조개가 영락없이 내 여자, 이미연이 맞았다.

"그러면 난, 이만 나가 볼 테니까⋯⋯."

"소장님, 저도 가 봐야 하는데요. 저분 바쁘실 텐데, 저도 의무실 오래 비울 순 없고요."

"됐어요! 미연 양, 괜찮죠?"

"네에, 전 괜찮습니다."

"거봐요, 미연 양도 괜찮다고 하지 않습니까? 내가 이번 합창 대회에 거는 기대가 큽니다. 그러니까 두 사람, 힘을 합해서 꼭 우리 합창단을 1등으로 만들어 주세요! 꼭요!"

젠장, 허세 소장이 내 말은 귓등으로도 듣질 않았다.

"네, 최선을 다하겠습니다."

"⋯⋯."

흘러내리는 귀밑머리를 쓸어 올리는 그녀.

프러포즈를 하던 날 내가 사 줬던 반지는 끼고 있지 않았지만, 유난히 희고 긴 손가락은 그대로였다.

내 여자, 이미연이 틀림없었다.

"그래요. 미연 양! 전 이만 나가 보겠습니다. 저기 다과도 마련해 뒀으니까 천천히 놀다 가요."

"네, 다녀오세요."

"선남선녀야! 나도 저럴 때가 있었는데……."

그렇게 허세 소장이 나와 미연이를 힐끗거리며 소장실을
빠져나갔다.

허세 소장이 밖으로 나간 후, 한참 시간이 흘렀음에도 불
구하고 난 아무 말도 하지 못했다.

"……저랑 있는 게 불편하세요?"

홀짝, 미연이가 커피를 한 모금 베어 물며 입가에 어색한
미소를 띠었다.

얼마나 보고 싶어 했는데, 제발 꿈에서라도 한 번만 나와
달라고 애원했건만, 단 한 번도 나타나지 않았던 그녀.

그런데 이렇게 내 앞에 그녀가 앉아 있다.

아프지 않은 그녀가.

항암 치료 때문에 머리가 다 빠지고, 깡말라 피부마저 푸
석푸석해진 아픈 환자가 아닌, 풍성한 머리에 청량하고 맑은
피부를 가진 25살의 건강한 그녀가 말이다.

그렇게 보고 싶었던 그녀가 말이다.

그런데 불편하다니!

그럴 리가 있겠는가!

"아, 아닙니다."

"다행이네요. 안색이 좀 안 좋으셔서 저랑 있는 게 불편하신가 했어요."

"아, 아뇨. 그나저나 어디 아픈 데는 없으시죠?"

헐, 나도 모르게 튀어나온 말이었다.

"어머, 저 아파 보여요? 이 쿠션이 내 피부 톤에 안 맞나?"

미연이가 손가방에서 손거울을 꺼내 자신의 얼굴을 살폈다.

"아, 아뇨. 그런 게 아니고, 제가 직업병이라서요. 저도 모르게 다 환자로 생각하는 버릇이 있어요. 전혀 그런 거 아닙니다."

"호호호, 그런 건가요? 다행이네요."

미연아, 예뻐!

머리카락이 다 빠지고 눈이 퀭해도 넌 언제나 아름다웠어.

만약에 한 번만이라도, 정말 단 한 번만이라도 다시 만난다면 해 주고 싶은 말이 수백, 수천 개였었다.

보고 싶었다고 하고 싶었고.

사랑한다고 말하고 싶었고.

미안하단 말도 해 주고 싶었고.

내 옆에 있어 줘서 고맙다는 말도 해 주고 싶었다.

왜 이제 왔냐고 그녀를 붙들고 대성통곡도 하고 싶었는데.

그런데 지금 이 순간, 머릿속이 텅 빈 것 같았다.

내가 그녀에게 할 수 있는 말은 아무것도 없었다.

"저, 이제 의무실로 가 봐야 할 시간이네요."

이 말밖에는.

이게 아닌데.

"아, 네. 제가 너무 선생님의 시간을 많이 뺏었나 봐요. 죄송해요."

"아, 아닙니다. 저도 너무 당황스러워서요."

"아, 합창단 일 때문에 그러시는군요! 너무 걱정 마세요. 제가 최선을 다해서 도와드릴게요."

그게 아닌데…….

난 속으로 이 말만 되뇌고 있었다.

"네, 저도 오늘 소장님한테 처음 듣는 일이라 어리둥절하네요."

"네네, 아직 시간은 많으니까, 저랑 차차 준비해 봐요."

"아, 네. 그럼 일어날까요?"

휘청, 자리에서 일어나는데 다리가 후들거렸다.

"선생님, 괜찮으세요?"

"괘, 괜찮습니다."

"아, 네. 선생님. 다음 주부터는 본격적으로 연습을 해야 할 것 같으니까, 우리 같이 힘내요!"

"네, 가시죠. 제가 교도소 앞까지 바래다드릴게요."

"아, 정말요? 괜찮은데."

"아뇨, 그 정도 시간은 됩니다."

그녀와 같이 걷는데, 익숙한 냄새가 난다.

내 아내, 미연의 냄새가.

잠시 후, 교소도 정문 앞.

빵빵!

"미연아! 여기!"

끼익, 교도소 정문, 한 남자가 차에서 내려 손을 흔든다.

"강우 선배!"

미연 역시 그를 향해 손을 흔들었다.

뭐지, 이 기분은?

화가 난다고 해야 하나?

나도 모르게 속에서 뭔가가 솟구쳐 오르는 것 같았다.

"누굽니까?"

"아, 대학원 선배예요. 오지 말라고 해도 기어코 데리러 온다고 해서요."

"아, 네. 그러면 조심히 들어가세요."

괜한 울화통이 터지는 건, 오버인가?

아무튼, 나도 모를 감정에 퉁명스럽게 쏘아붙였다.

"네에. 그러면 다음 주에 뵈어요."

"네, 그럽시다."

그 남자를 향해 달려가는 미연이를 뒤로하고 난 교도소로
되돌아왔다.

♥

교도소 의무실.

"서, 선생님, 저 머리는 안 아픈데……."

진료를 받던 3330이 조심스럽게 입을 열었다. 나도 모르
게 청진기를 3330의 이마에 대고 있었나 보다.

"어? 어. 미안해요. 어디가 아프다고 했죠?"

"배요. 배가 아픈데요."

"아, 네. 어떻게 아픕니까?"

"하아, 배가요, 바늘로 쿡쿡 찌르듯이 아프다고요."

"아, 네. 점심에 뭘 ……."

"네네. 고등어 조림이랑 된장국 먹었어요! 제가 벌써 여러
번 말씀드렸는데……."

3330이 짜증 섞인 목소리를 냈다.

"네, 미안해요. 상의 올려 보세요."

"선생님! 아까부터 계속 올리고 있었거든요! 다시 올려
요?"

3330이 오만상을 찌푸리며 볼멘소리를 냈다.

"아, 네. 미안해요. 다시 올려 보세요. 아무래도 과민성대

장중후군 같은데."

"네, 알았어요."

훌렁, 3330이 신경질적으로 상의를 들어 올렸다.

하루 종일 멍한 상태다. 뭔가 꿈을 꾸고 있는 것 같기도 하고, 머릿속이 혼란스러웠다.

모든 일이 손에 잡히지 않았다.

퇴근 후, 관사.

진료를 마치고 돌아온 나는 혼란스러운 머릿속을 정리해야 했다.

나와 미연의 만남은 지금으로부터 4년 후, 미연이 서울시향단원으로 있을 때, 예술의 천국에서 이뤄져야 했다.

고함 교수 조카가 서울시향단원이었고, 조카의 연주회를 보러 갔다가 우연히 미연을 만났던 것.

그 뒤로 인연이 이어져 그녀와 난 결혼했었다.

그런데, 지금 그 인연이 4년 앞당겨진 것.

분명 역사가 뒤바뀐 것이다.

어떻게 해야 하지?

상황이 이렇게 된 이상, 앞으로가 문제였다.

그녀는 날 모르고, 어쩌면 미래를 약속한 남자 친구가 있을지도 몰랐다.

내가 미래의 남편이 될 사람이라고 한다면, 믿어 줄까?

그럴 리가 없지 않은가?

어쩌면 잘된 일인지도 모른다.

아니, 맞다, 잘된 일이.

평생 사랑하고 아껴 주겠다는 결혼 서약은 뒤로한 채, 난 세상에서 제일 형편없는 남편이었으니까.

그녀 생일에도 난 응급실에 있었고, 결혼기념일에도 난 수술방에서 메스를 쥐고 있었다.

심지어 그녀가 폐렴이 심해 고열에 시달렸을 때도, 난 원장님과 접대 골프를 치고 있었으니까.

나는 오로지 출세만을 위해 그녀를 희생시켰다. 어쩌면, 그녀가 그런 몹쓸 병에 걸린 이유도 나 때문이었는지도 모른다.

나만 그녀 곁에 없었더라면.

좀 전에 미연을 마중 나왔던 그 남자.

좋아 보였다. 선해 보였다.

그 따뜻한 눈빛만 봐도 알 수 있다, 그가 미연이를 얼마나 아끼는지.

그래서 더 질투가 났는지도 몰랐다.

그 남자라면,

내가 둘 사이에 끼어들지만 않는다면.

미연이 병이야 내가 돌봐 주면 되지 않는가?

남편이 아닌, 의사로서 말이다.

아니, 내 여자잖아! 두 번 다시 실수하지 않으면 되지 않을까?

아니야, 난 여전히 자신이 없어. 그녀의 가슴에 메스를 댈 자신이.

그렇게 수도 없이 '그래!'와 '아니야!' 사이를 오가며 뒤척일 수밖에 없었다.

이런저런 생각에 누웠다가도 벌떡 일어나, 달밤에 미친놈처럼 관사를 서성거렸다.

그날 밤, 난 한숨도 잠을 청할 수 없었다.

❤

며칠 뒤, 교도소 의무실.

그녀를 만난 지 며칠이 지났건만, 여전히 머릿속이 혼란스럽다.

―오빠, 난 괜찮아.

자꾸만 고통스러워했던 그녀의 모습이 떠올랐고, 더 이상 바늘을 찌를 곳이 없어 맨들맨들해진 내 아내, 이미연의 손

등이 나를 괴롭혔다.

젠장, 어이없군! 꿈에 그리던 그녀를 봤는데, 얼굴 한 번 쓰다듬어 줄 수 없는 처지라니.

"윤찬아!"

"네, 형. 어서 와요."

이른 아침 정직한 교도관이 커피를 들고 의무실로 찾아왔다. 정직한 교도관과 난, 사석에선 호형호제하는 사이가 되어 있었다.

"합창 대회 준비는 잘되어 가고?"

정직한이 커피를 넘겨주며 물었다.

"아, 네. 이번 주까지 단원들을 모집해서 노래 선생님한테 소개해 줘야 하는데, 아직요. 어디서부터 시작해야 할지 막막해요."

일단, 순리대로 일을 시작해 보기로 했다.

"그래? 잘됐네. 내가 괜찮은 놈 하나 데리고 왔는데 볼래?"

"네? 노래를 잘하는 재소자가 있나요?"

"노래라……. 잘하지. 암! 기깔나게 잘하지. 볼래?"

"그럼요. 당연히 봐야죠."

"그렇지 않아도 지금 밖에서 기다리고 있어."

"그래요? 얼른 들어오라고 하세요."

"알았다. 너 놀라지 마라. 3742, 안으로 들어와라!"

정직한 교도관이 피식거리며 의무실 문을 향해 소리쳤다.

껄렁거리듯 팔자로 걸으며 의무실 안으로 들어오는 남자. 그는 3742 강민우였다.

동물의 왕국이냐?

풀어 헤쳐진 하늘색 수의(囚衣) 사이, 쇄골 인근에 용 머리가 꿈틀거리고 있었고. 소매가 돌돌 말려진 팔뚝에는 금세라도 튀어나올 것 같은 호랑이가 송곳니를 드러내고 있었다.

얼핏 보면 개싸움깨나 해 본 조폭이라고 해도 모자랄 것이 없는 이 남자.

그가 의무실로 들어와 삐딱하게 섰다.

"로커, 강민우 씨?"

치렁치렁했던 긴 머리는 온데간데없었지만, 그 강렬했던 눈빛만은 여전했다. 난 그를 단번에 알아볼 수 있었다.

인디 밴드 시절 4옥타브 반을 오가며 폭발적인 가창력을 발휘했던 그룹 '썬더'의 리드 보컬 강민우.

인디 밴드로 인기를 얻자, 이후 한 유명 제작자에게 발탁되어 여러 장의 앨범을 출시했다.

폭발력 있는 가창력에 반항기 섞인 눈빛, 잘생긴 외모로 상당한 인기를 끌며 단숨에 스타 반열에 올랐던 그를 한때 팬으로서 어찌 몰라볼 수 있겠는가?

하지만 그것도 잠시, 온갖 기행과 사건 사고를 일으켰던 강민우. 결국 지랄맞은 성격 때문에 사달이 났다.

자신을 비난했던 팬을 무자비하게 폭행해 순식간에 파멸의 나락으로 떨어졌던 것.

그런 강민우를 이곳에서 볼 줄이야. 세상 참 넓고도 좁았다.

"하하하, 김윤찬 선생도 3742를 이미 알고 있구나?"

정직한 교도관이 고개를 끄덕거렸다.

"저, 강민우 씨 광팬이었어요. 홍대에서 인디 밴드를 했던 시절부터요."

"그래? 김윤찬 선생이 록을 좋아했다고? 놀라운 일이군."

정직한 교도관이 의외라는 투로 되물었다.

"그럼요. 록앤롤의 제왕을 어떻게 잊겠어요."

"제왕은 무슨. 이제 끈 떨어진 방패연 신세지. 아무튼, 이 녀석 정도면 합창단원으로 손색은 없겠지?"

"물론이죠! 수형자 목록에 강민우라는 이름이 있길래 동명이인이겠지 했는데, 정말 강민우 로커님이 이곳에 계실 줄은 꿈에도 몰랐네요."

"그랬군. 잘됐네. 썩어도 준치라고 사회에서 노래 부르던 실력이 있으니까 잘할 거야."

"네에. 뭐, 들어와만 준다면야 저야 영광이죠. 그나저나 록하고 합창은 결이 조금 다를 텐데, 근본적으로 발성이 달라서……."

"풋, 발성이라? 웃기는군. 그러면 의사하고 합창은 결이 같답디까? 그게 무슨 개 풀 뜯어 먹는 소리슈?"

내 말에 강민우가 콧방귀를 뀌었다.

"인마, 말조심해. 김윤찬 선생이 이번 합창단 단장님이셔. 이분한테 공손하게 굴어. 그나마 남아 있는 호랑이 이빨 죄다 뽑아 버리기 전에."

정직한 교도관이 턱짓으로 강민우의 팔뚝을 가리켰다.

"단장? 하여간, 빵이라고 제멋대로군. 개나 소나 노래를 하겠다고 설쳐 대는 걸 보면. 의사가 노래를 알기나 해?"

정직한 교도관의 경고에도 불구하고 여전히 삐딱한 표정의 강민우였다.

"네, 어쩌다 보니 제가 합창단장을 맡게 되었습니다. 잘 부탁합니다, 강민우 씨! 민우 씨가 합류해 준다면 정말 큰 힘이 될 것 같아요. 제1테너 독창으로 너무 잘 어울릴 것 같군요."

내가 손을 내밀어 악수를 청하자 3742가 삐딱한 자세로 나를 멀뚱거렸다.

"3742 인마! 노래 부르고 싶다면서? 이왕 맘 고쳐먹고 노래하기로 했으면 좀 공손하게 대해라, 입에 걸레를 물고 잤나, 그 태도는 뭐야?"

"아니, 뭐 저 샌님이 노래에 대해서 뭘 안다고 나서니까 그러죠."

"됐고! 새끼, 여전히 못된 사회 버릇은 못 고쳐 가지고! 손 똑바로 내밀지 못해?"

그 모습에 정직한 교도관이 발끈했다.

"알았다고요. 그러면 되잖아."

"너, 말이 짧다?"

눈을 치켜뜨는 정직한 교도관.

"하아, 알았어요. 악수하면 되잖아……요."

"하여간 까칠한 새끼!"

쯧쯧쯧, 정직한 교도관이 강민우를 향해 검지를 흔들어 댔다.

"아무튼 반갑수다."

"네, 팬으로서 만나 봬서 영광입니다. 나중에 사인 한 장 부탁드려요."

"사인은 무슨. 나 그런 거 안 키웁니다."

그렇게 정직한 교도관으로부터 잔소리 몇 마디를 듣고 나서야 강민우가 손을 뻗어 내 악수를 받아 주었지만, 여전히 내가 못마땅한 모양이었다.

뭐지? 손이 뜨겁다?

강민우의 손을 잡는 순간, 난 불에 덴 것 같지는 않았지만, 상당한 열감을 느낄 수 있었다.

강민우 이 사람!

뭔가 몸에 문제가 생긴 게 틀림없었다.

"교도관님, 저 잠시 강민우 씨랑 둘이 대화를 좀 나눴으면 좋겠는데요?"

일단, 정직한 교도관 교도관을 내보내고 강민우와 좀 더 대화를 나눌 필요가 있었다.

"그래? 알았어. 야, 3742! 너 김윤찬 선생한테 버릇없이 굴지 마! 알았어?"

정직한 교도관이 눈매를 좁히며 강민우에게 경고했다.

"네에, 걱정 마세요. 제가 잡아먹기라도 하겠어요? 얌전히 있을 테니 어서 가시기나 하세요."

강민우가 인상을 찌푸리며 턱짓으로 문을 가리켰다.

"조심해. 밖에서 대기하고 있을 테니까."

"알았다고요. 가세요, 좀! 단장 나으리가 저한테 긴히 하실 말씀이 있다고 하잖습니까? 빨리 좀 사라져 주시죠?"

강민우가 귀찮다는 듯이 손을 내저었다.

"하여간 저건 언제 사람 되려는지. 자기가 아직도 연예인인 줄 알아."

쯧쯧쯧, 정직한 교도관이 혀를 차며 밖으로 나갔다.

잠시 후.

"강민우 씨, 좀 봅시다."

"뭐요? 지금 이 자리에서 오디션이라도 보겠다는 건가?

지금 나보고 노래라도 하라는 거요?"

강민우가 어이없다는 듯이 미간을 찌푸렸다.

"아뇨, 노래는 됐고, 당신 폐 소리를 먼저 들어 봐야 할 것 같습니다. 상의 좀 올려 보시죠?"

아무래도 청진을 좀 해 봐야 할 것 같았다. 난 주머니에서 청진기를 꺼내 들었다.

"뭐라고, 폐 소리를 듣겠다고? 나 멀쩡한데?"

어깨를 으쓱거려 보는 강민우.

"3742! 말이 계속 짧군요? 당신 팬으로서의 예우는 여기까지입니다. 지금부터 의무관 김윤찬의 자격으로 당신을 대하도록 하죠."

"뭘 어쩌실 건데?"

"도저히 안 되겠군. 아직도 제멋대로 굴어도 되는 곳이라고 생각하나, 이곳이!"

더 이상 기고만장한 강민우를 지켜볼 수만은 없었다.

"네?"

내가 좀 전과는 다르게 얼굴색을 바꾸자 강민우가 당황했다.

"3742! 여긴 경촌교도소고 넌 가수가 아니라 재소자다. 미친 망나니처럼 설치고 다녀도 눈감아 주던 사회가 아니라고!"

"뭐, 뭐라고요?"

뜻밖의 내 강경한 태도에 강민우가 몸을 움찔했다.

"네가 왜 합창단에 들어오겠다고 하는지는 잘 모르겠으나, 네가 들어오고 싶다고 맘대로 들어오고, 나가고 싶다고 나갈 수 있는 데가 아니야."

"……."

"너의 합창단 가입 여부에 관한 모든 사항은 내가 결정한다. 네가 뭔가 단단히 착각하고 있나 본데, 난 록 가수 강민우의 팬이지, 폭력 전과자 3742의 팬이 아니야!"

"아씨, 뭐야, 진짜."

강민우의 얼굴이 붉으락푸르락해졌다.

"3742, 마지막 경고다! 한 번만 더 경거망동하면 징벌방행임을 명심해라. 지금 당장 정 교도관을 부를까?"

"아, 알았다고요. 뭘 그렇게 눈에 쌍심지를 켜고 그러십니……까?"

추상같은 내 목소리에 그동안 거만한 태도로 일관하던 그의 표정이 바뀌었다.

"지금 상의 들어 올리라는 소리 못 들었나? 그리고 네 폐가 멀쩡한지 아닌지는 내가 결정한다. 3742, 명령이다, 당장 상의 탈의해!"

"아, 알겠습니다. 무섭게 왜 그러슈? 얼굴은 곱상하게 생기셔 가지고."

쩝, 그제야 강민우가 어쩔 수 없이 상의를 들춰 올렸다.

"더 들어 올려!"

"알았다고요."

강민우가 작게 투덜거리며 상의를 쇄골 근처까지 들어 올렸다.

"뭐야, 내가 진료받으려고 여기 온 줄 아나?"

툭툭툭.

난 이곳저곳 청진기를 대 보며 강민우의 폐 소리를 청진했다.

전흉부 아래쪽 렁 필드(폐야)에서 딸깍거리는 소리가 들렸다.

1초에서 2초, 3초에서 4초, 5초에서 6초 간격으로 한 번씩! 딸각딸각하는 소리가 말이다.

청진음을 고려해 볼 때, 보통 이런 딸깍거리는 소리가 날 경우, 대부분은 부롱키오라이티스(기관지염)나 폐렴일 확률이 높았다.

좀 전에 악수했을 때 느꼈던 온도, 지금의 증상을 고려해 볼 때, 그리 심한 정도는 아니었다.

다만 강민우의 폐가 정상이 아니라는 것만큼은 틀림없었다.

"3742, 담배는 언제부터 피웠지?"

"왜요? 무슨 문제라도 있습니까?"

"묻는 말에만 답해라. 담배는 언제부터 피웠나?"

"하아, 다들 중고등학교 때부터 피우지 않습니까?"

강민우가 짜증 섞인 말투로 답했다.

"내가 묻는 말에만 답해. 정확히 언제부터 피웠냐고 물었다."

"네에, 중학교 3학년 때부터 피웠수다."

"미쳤군. 보아하니 지금도 담배를 피우는 것 같은데, 평소에 얼마나 피우지?"

"뭐, 하루에 두 갑 정도 피울 때도 있고, 뭐 작곡할 때는 서너 갑도 피웠습니다."

말투는 여전히 성의 없었으나, 태도는 확실히 유순해진 강민우였다.

"그건 사회에 있을 때고, 지금은 얼마나 피우냐고 물었다."

"하아, 그게 무슨 말씀입니까? 여기서 어떻게 담배를 피웁니까? 담배 피우다 걸리면 독방 신세라는 걸 몰라서 그러십니까?"

헛소리.

대체적으로 교도소의 담배 공급은 뻔하다.

가장 쉬운 방법은 교도관과 공생 관계가 되어 그들로부터 담배를 공급받는 것.

그다음으로 비둘기(교도관과 몰래 짜고 사적인 편지를 보내는 것)를 이용해 외부 용역에게 연락하고 그들을 통해 담배를 공급받는 것이 차선책이 될 수 있었다.

하지만 이 둘은 상당한 정도의 금액이 들 뿐만 아니라 그렇게 접선책을 만드는 것도 쉽지 않았다.

따라서 보통은 모범수가 된 재소자가 사회 적응을 위해서 현장 근무를 나간 사이, 몰래 담배를 반입해 재소자들과 거래하는 형태로 진행된다.

때에 따라서 담배 한 개비는 20만 원을 호가하기도 하는 고가품이기도 했다.

강민우의 경우, 사회 때 워낙 유명했던 뮤지션이었기에 교도소 내에도 그의 팬이 많았을 터.

그들을 통해서 손쉽게 담배가 공급되었으리라는 것이 내 추측이었다.

물론 영치금도 넘칠 만큼 풍족했고.

아무튼, 분명히 최근까지 담배를 피웠던 것이 틀림없으니까.

"3742, 헛소리 그만하는 게 좋을 텐데? 나, 사회에서 연희 대학교 흉부외과에서 근무하던 의사야. 차라리 귀신을 속이는 게 나을 거다. 네 눈만 봐도 담배를 피우는지 안 피우는지 알 수 있어. 당장 피검사 해서 니코틴 농도 확인해 볼까?"

"하아, 진짜 모르는 일이라고요! 그나저나 지금 합창단원 뽑는 것 아닙니까? 이런 건, 선생님이 상관하실 일이 아니잖습니까?"

"아니지, 합창단의 단장이기 이전에 난 재소자들의 건강에 대한 책임이 있는 의무관이다. 그러니 당연히 확인할 권리가 있는 거야. 알겠어? 사실대로 말하지 않으면, 합창이고 뭐고 교도부에 기안부터 올릴 줄 알아!"

"하아, 진짜 어젯밤 꿈자리가 뒤숭숭하더니, 재수 옴 붙었네."

강민우가 차마 크게 대놓고 말하진 못하고 고개를 돌리고 작게 투덜거렸다.

"3742, 합창단원으로서 불합격이다. 지금 넌, 노래보다는 치료에 전념해야 해."

"어휴, 의무관님! 저! 노래, 꼭 해야 합니다."

"아니, 지정 병원에서 가서 정밀 검사부터 받는 것이 급선무야."

"의무관님, 저 진짜로 괜찮습니다. 노래하게 해 주십시오!"

아까와는 완전히 태도가 바뀐 강민우였다.

"이유가 뭐지? 그렇게 합창단에 들어오려는 이유가? 상금 때문인가?"

"그런 건 아닙니다."

이번 합창 대회의 규모는 생각보다 컸다. 대상 상금이 3천만 원이었으니 말이다. 각자 N분의 1을 한다 해도 적지 않은 돈이긴 했다.

하지만 강민우라면 얘기가 달랐다. 이미 영치금이 차고 넘칠 정도로 많았으니까.

결국 강민우의 말대로 그가 노래를 하겠다는 이유는 돈 문제는 아니었다.

"그런 거 아닙니다! 의무관님, 정말 죄송하지만 아무것도 묻지 말아 주십시오. 저, 꼭 노래 불러야 합니다. 그러니까 도와주십시오. 합창 대회 끝나고 꼭, 검사받을게요. 그 정도는 상관없지 않습니까?"

지금부터 합창 대회까지는 한 달. 그의 말대로 검사는 그 후에 받아도 크게 문제가 되진 않을 듯싶긴 했다. 항생제 몇 알 처방해 주면 호전될 수 있는 정도의 증세였으니까.

다만, 왜 이토록 노래를 하려고 하는 걸까?

난 무엇보다 그게 더 궁금했다.

"합창단에 들어오려는 이유를 알아야 나도 결정을 할 것 아닌가?"

"죄송합니다, 정말 그건 말씀드리기 곤란해요. 재소자들도 인권이라는 게 있는 겁니다. 개인적인 사유니 더 이상은 묻지 말아 주십시오. 다만, 최선을 다해서 우승할 수 있도록 노력하겠습니다."

좀 전의 거만했던 표정은 자취를 감춘 지 오래였다.

강민우가 최대한 공손한 태도로 답했다.

뭔가 분명 중요한 이유가 있을 것 같긴 한데…… 저토록 거만한 사람이 머리를 숙이는 걸 보면.

"좋아, 그러면 조건부 합격이다. 이번 주 금요일까지 몸이 회복된다면 합창단원으로 선발하겠어. 그리고 지금부터 금연이다. 단 한 번이라도 담배를 피우다가 발각될 경우, 넌 바로 아웃이야. 그리고 합창 대회가 끝나면 바로 검사를 받는 거다. 알았나?"

"네, 그렇게 하겠습니다."

"좋아, 한번 믿어 보도록 하지. 지금부터 내가 3742가 아닌, 나의 우상 강민우로 대할 수 있도록 노력해 주라."

"……네, 그럼 그만 가 보겠습니다."

강민우가 일어나 고개만 까딱거렸다.

"아니지, 그냥 이렇게 가면 안 되지."

"네?"

"팬티단에 숨겨 놓은 담배는 내놓고 가야지?"

"하아, 귀신이네, 진짜! 그걸 어떻게 알았습니까?"

강민우가 어이없다는 듯이 혀를 내둘렀다.

어떻게 알긴, 찍었지.

"빨리!"

"네, 알았어요."

강민우가 주섬주섬 바지를 내려 팬티단에 숨겨 놓은 담배를 꺼냈다.

"자요."

성의 없이 담배를 내놓는 강민우. 그의 손가락에 반지 하나가 끼워져 있었다.

"교도소 법규상 반지는 착용 못 하도록 되어 있지 않나?"

"네, 그렇긴 한데, 좀 의미가 있는 반지라 착용을 허락받았습니다."

"그래? 무슨 의미가 있는 거지? 커플링 같은 건가?"

"그런 것까지 설명할 의무는 없는 것 같은데요?"

"알았다. 그러면 이번 주 토요일에 오디션이 있을 거니까, 그때 보도록 하자."

"오디션요?"

강민우가 어이없다는 듯이 피식거렸다. '내가 대한민국 록의 황제야!'라는 투다.

"그건 음악 선생님이 결정하실 거다. 아무튼, 그런 줄 알아."

"네, 알겠습니다."

"그럼 약을 처방해 줄 테니까, 가지고 가세요."

"헐, 지금은 왜 존대십니까?"

"후후후, 지금은 3742가 아니라, 로커 강민우 님이시니까요. 로커님이 선만 지켜 주신다면, 저 역시 팬으로서 존중해 드리겠습니다."

"하여간, 병 주고 약 주고 혼자 다 하네요? 사람을 아주 가지고 노십니다?"

"그럴 리가요. 아무튼 약 잘 드시고, 일주일에 한 번씩은 제 진료를 받으셔야 합니다."

"알겠수다!"

일단 지켜보자.

증세가 심하지 않으니 약으로 치료해 보고, 상태가 호전되는지 지켜보겠다는 게 내 의도였다.

잠시 후.

3742가 나가자, 정직한 교도관이 의무실 안으로 들어왔다.

"어때?"

"뭐, 노래라면 이 교도소에서 강민우 씨보다 잘할 사람이 있을까요?"

"그렇긴 하지. 저놈의 불같은 성격이 문제지, 노래야 최고잖아."

"그런데요, 형님! 저 궁금한 게 있는데, 왜 민우 씨가 저렇게 합창 대회에 매달릴까요? 자기가 좋아하는 록도 아니잖아요."

"글쎄다. 그건 나도 잘 몰라. 이 교도소에 입소한 이후로 노래를 부르는 꼴을 본 적이 없거든. 그런데 합창 대회를 한다는 소리를 듣고 갑자기 찾아와서 노래를 하겠다고 하더라고?"

"아, 그래요?"

"성대결절인가 뭔가가 와서 노래도 포기했다던데, 이건 꼭 해 보고 싶다고 하더라고. 이유는 나도 잘 모르겠어."

정직한 교도관이 고개를 갸웃거렸다.

"그렇군요."

"성격이 불같아서 그렇지, 심성은 착한 놈이야. 이번 기회에 김윤찬 선생이 잘 좀 다독여 봐. 사회에서 한가락 하던 놈인데, 여기 들어와 앉아 있으니, 오죽 깝깝하겠나."

"후후후, 하여간 소문대로 형님은 재소자들의 천사가 맞긴 맞네요."

"그래? 이렇게 우락부락한 천사도 있나?"

허허허, 정직한 교도관이 환하게 웃으며 너털거렸다.

한국 록의 역사를 새로 쓸 뻔한 비운의 스타, 강민우.

그에게 과연 무슨 사연이 일길래, 그토록 간절할까?

아무튼, 지금 정도의 증세라면 며칠 약을 먹으면 좋아질 거다.

어찌 됐건 아주 훌륭한 합창단원 하나는 확보할 수 있을 것 같았다.

❤

그 이후로, 합창단원들이 속속 채워지기 시작했다.

"의무관님, 3777 김형돈이라고 합니다. 별명은 먹깨비입니다."

먹깨비란 별명에 조금도 어색함이 없는 몸매의 소유자였다. 물론, 생긴 것만큼이나 성격마저 순박한 재소자였다.

속속 의무실로 면접을 오는 재소자들이었다.

"3777! 무슨 이유로 합창단원이 되려고 하시는 거죠?"

"네! 영치금을 넣어 주는 사람이 없습니다! 이번 합창 대회 상금을 받아서 먹고 싶은 것 실컷 사 먹으려고 지원했습니다! 전 크림빵이랑 곰보빵을 특히 좋아합니다!"

헐, 먹기 위해서 노래를 부르겠다는 건가?

어이없게도 합창단원에 지원한 재소자 중에 가장 순박한 지원 동기였다.

"좋아요! 일단, 노래부터 들어 봅시다."

"네, 자신 있습니다."

"곡목은 뭐죠?"

"신해철 님의 재즈 카페입니다."

"네, 해 보세요."

♬ ♩ ♪ ♪ 빨간 립스틱~~ 하얀 담배 연기~~.

"오! 의외로 잘하시는데요?"

3777 먹깨비는 의외로 소위 말하는 '동굴 저음'이 매력적

인 재소자였다.

"일단 합격!"

"야호! 감사합니다!"

그리고 오디션은 계속됐고, 또 다른 지원자들이 몰려들었다.

이번엔 삼총사였다.

올망졸망한 키에 생긴 것만 봐도 뺀질뺀질하니 잡범티가 팍팍 나는 재소자들이었다.

모두 때끼(소매치기)였다.

3307는 바닥식구(길거리 소매치기범).

3308은 땅굴치기(지하철 소매치기범).

마지막으로 3309는 소매치기계의 예술가로 통하는 도꾸다이(이것저것 다 하는 단독 소매치기범)였다.

"여러분들은 왜 합창단원이 되시려고 합니까? 여긴 딱지(소매치기로 훔친 수표) 바꿔 줄 장물아비도 없는데요?"

"에이, 의무관님! 저희 콩콩이 삼총사는 이제 깨끗하게 손 씻었습니다. 더 이상 그런 짓 안 합니다."

녀석들이 과도하게 고개를 흔들었다.

"콩콩이 삼총사요? 그게 무슨 뜻이죠?"

"흐흐흐, 같은 빵 형님들이 우리보고 땅콩같이 생겼다고 지어 준 별명이에요."

"아하! 그거 재밌네요! 좋아요, 콩콩이 삼총사, 합창단에 지원한 이유가 뭐죠?"

"실은 3309 때문에요."

3307 김창호가 턱짓으로 3309 진순남을 가리켰다.

"3309가 왜요?"

"순남이 할머니가 많이 아프셔서요. 상금 타면 저희도 순남이 할머니 약값에 보태려고 합니다."

상금을 받아 자기를 키워 줬던 외할머니 약값에 보태겠다는 갸륵한 효심의 3309 진순남과 그를 돕겠다는 같은 빵 동기들이었다.

"3309! 할머님이 어디가 편찮으십니까?"

"우리 할머니 치매세요. 하아, 작년까지만 해도 저는 기억하셨는데, 지금은 저도 잘 못 알아보시더라고요."

"그렇군요. 그러면 지금 할머니는 누가 돌봐 드리고 있습니까?"

"얼마 전까지만 해도 이모가 돌봐 드렸는데, 사정이 여의치 않은가 봐요."

"저런."

"괜찮습니다! 저 곧 만기 출소니까, 사회 나가서 열심히 일해서 할머니 돌보면 돼요. 그 전에 먼저, 합창 대회 상금부터 타고요!"

생각보다 밝은 성격의 진순남이었다.

"네, 저도 그러길 바라요. 출소하면 이름처럼 착하게 살도록 해요. 치매 전문 요양원에 계시는 선배가 있으니, 저도 한 번 알아보겠습니다."

"정말요?"

"네, 정말이고말고요."

"감사합니다! 정말 감사합니다!"

진순남이 고개를 숙이고 또 숙였다.

"사정이 딱한 건 알지만, 그렇다고 함부로 합격시켜 줄 순 없잖아요? 세 분! 노래부터 들어 볼까요?"

"네, 알겠습니다. 얘들아! 준비됐냐?"

"오케이!"

그렇게 시작된 세 사람의 노래는 너무나도 훌륭했다.

얼마나 열심히 노력했는지, 화음까지 넣어 가며 부르는 발라드가 너무나 애절하고 듣기 좋았다.

교도소에서 장기 자랑만 했다 하면 1등 상품을 휩쓸어 가는 재간둥이들이라는 소문이 헛소문은 아니었던 것,

은근 귀여운 데가 있는 콩콩이 삼총사!

후후후, 이 세 사람도 합격.

이렇게 12명의 합창단원 중, 11명이 선발되었고 단 한 사람만 남아 있었다.

다음 날, 마지막 지원자가 의무실을 찾아왔다.

무뚝뚝한 표정에 눈빛이 날카로운 지원자였다.

그는 3100, 김범식이었다.

"합창단원에 지원한 동기가 뭡니까?"

"그런 거 없습니다. 뭐, 합창 연습하는 동안은 간식도 주고, 사역도 면제해 준다니 지원했을 뿐입니다."

차가운 인상과 얼굴에 흉터까지. 다른 지원자들과는 다르게, 섬뜩한 느낌을 주는 재소자였다.

게다가 합창단원에 지원한 뚜렷한 이유도 없는 그. 왠지 좀 꺼려지는 사람이었다.

"일단, 노래 한번 들어 볼 수 있을까요?"

아무튼, 공평하게 선발해야 하니, 노래는 들어 봐야 했다. 대충 들어 보고 아니다 싶으면, 불합격시킬 생각이었으니까.

"알겠습니다. 그러면 팝을 해도 되겠습니까?"

헐? 팝이라니. 전혀 매치가 안 되는군.

"네, 뭐든 상관없어요. 한번 해 보시죠. 제목은 뭡니까?"

"마이클 잭슨의 '힐 더 월드'입니다."

풋.

나도 모르게 반사적으로 웃음이 튀어나왔다.

"죄송합니다. 나도 모르게 그만."

"아뇨, 괜찮습니다. 그럼 한번 불러 볼까요?"

"네, 해 보시죠."

Heal the world

Make it a better place

For you and for me

And the entire human race

그렇게 시작된 3100의 힐 더 월드!

헐, 완벽한 영어 발음과 함께, 생긴 것과는 180도 다른 미성!

지금까지 들어 본, 그 어떤 힐 더 월드 커버곡보다 듣기 좋았다.

반전도 이런 반전이 없었다.

3100의 노래는 내 예상을 깨뜨린 완벽한 노래였다.

아놔, 무슨 교도소에 이렇게 능력자가 많아?

찜찜한 면이 없지 않았지만 일단 노래가 수준급이니 3100도 합격!

꾸준히 약을 복용한 덕에 건강을 되찾은 한물간 록가수 강민우, 먹개비 김형돈, 재간둥이 소매치기 삼형제, 그리고 미스터리한 3100 김범식까지.

우여곡절 끝에 12명의 합창단원이 모두 선발되었다.

그리고 마침내 토요일.

미연의 첫 레슨이 시작되었다.

쿵쾅쿵쾅.

아침부터 마구 떨리는 심장을 주체할 수 없었다.

♥

합창단 연습실.

폐자재 창고를 개조해 만든 연습실.

재소자들이 몰래 담배나 사제 물건을 거래하는 곳으로, 온갖 잡동사니에 담배꽁초가 널브러진 그런 곳이었다.

그런데.

"와! 여기가 어디야? 우리 교도소에 이런 곳이 있었나?"

재소자들이 깜짝 놀랄 정도로 깨끗이 정리되어 있었다.

"오! 스멜스멜, 달콤한 냄새! 교도소에선 맡으려야 맡을 수 없는 고급진 냄샌데?"

우르르, 연습실로 들어온 재소자들이 하나같이 코를 벌름거렸다.

"와! 먹고 싶은 냄새다! 에이씨, 그러고 보니 배고프네."

먹깨비 김형돈이 들창코를 벌름거리며 입맛을 다셨다.

단원들과 함께 합창단 연습실로 들어가자, 뜻밖에 눈이 맑아질 것같이 환한 공간이 한눈에 들어왔다.

곳곳에 거미줄이 쳐져 있고, 잡동사니들이 널브러져 있던 이곳이 말이다.

그리고 깨끗이 정리된 공간, 테이블 위에 디퓨저가 놓여 있었다.

라벤더 향!

내 아내, 아니 아내였던 미연이가 가장 좋아하는 향이었다.

추억은 냄새로 먼저 떠올린다고 했던가?

내가 어찌 이 향을 잊을 수 있겠는가. 항상 맡았던 이 향을.

"여러분, 어서 오세요!"

그녀가 양팔을 벌려 우리를 환한 미소로 맞이해 주었다.

낮이든 밤이든 모든 사람이 잠든 새벽이든, 내가 지친 몸을 이끌고 집에 돌아왔을 때, 바로 그때 나를 맞아 줬던 그 모습 그대로.

하마터면, '피곤해, 목욕물 좀 받아 줘.'라고 할 뻔했다.

"와, 대박! 저 누나가 우리 노래 선생님이에요?"

제일 먼저 콩콩이 삼총사가 잔망스럽게 그녀에게 달려갔다.

"3308, 그렇게 좋냐?"

정직한 교도관이 녀석의 앞머리를 흐트러뜨렸다.

"당빠죠! 저렇게 예쁘실 거라곤 상상도 못 했거든요! 누나가 진짜 우리 선생님이에요?"

3308 박금동의 눈이 휘둥그레졌다.

"네, 예쁜 건 아닌데, 선생님이 맞긴 해요. 저, 이미연이라고 해요. 앞으로 잘 부탁해요!"

"네!"

콩콩이 삼총사가 동시에 목소리 톤을 높였다.

"여러분들이 콩콩이 삼총사 맞죠! 지원서에 그렇게 쓰여 있던데."

미연이 세 녀석을 차례로 가리켰다.

"네, 예쁜 누나!! 저희도 잘 부탁드립니다."

21살 동갑내기 녀석들. 처음 보는 사람에게도 누나라고 부를 만큼 붙임성이 좋은 녀석들이었다.

안타까운 녀석들.

평범한 가정에서 태어나 좋은 부모 밑에서 자랐으면, 교도소가 아니라 방송국 무대를 누볐을지도 모를 재간둥이들이었다.

"네, 우리, 순남 씨 할머니를 위해서라도 꼭 1등 해요! 알았죠?"

미연이가 소담한 양 주먹을 불끈 쥐어 보였다.

미연이는 재소자들의 이름은 물론, 사사로운 사연까지도 전부 기억하고 있었다.

"순남이?? 순남이가 누구지?"

"야, 3309 이름이 순남이잖아!"

3308 박금동이 3309 진순남을 가리켰다.

"아, 맞다!"

딱, 그제야 3307 김창호가 손가락을 튕겼다.

"멍청아, 넌 절친 이름도 몰랐냐?"

"우씨, 여기서 누가 이름을 불러 줘야 말이지. 넌 수형번 호랑 이름하고 매칭이 되냐??"

"하긴, 나도 3308이 더 익숙하긴 해. 누가 내 이름을 불러 줬어야 말이지."

3308 박금동이 뒷머리를 긁적거렸다.

"강민우 씨?"

다음은 강민우 차례였다.

"네, 맞습니다. 제가 강민우입니다."

무표정한 얼굴. 여전히 까칠함의 대명사인 강민우였다.

"정말 맞군요! 전 설마설마했거든요!"

"저를 아세요?"

"알다마다요! '이별 뒤 저 너머'는 진짜 제 최애곡이에 요!"

미연이가 폴짝폴짝 뛰며 반가워했다.

"흠흠흠, 뭐 다들 그러긴 합니다. 뭐, 자신의 인생곡이다 뭐다 그러더라고요."

아름다운 아가씨가 팬이라고 하니 그리 싫지만은 않았나 보다.

강민우가 헛기침을 하며 입가에 옅은 미소를 띠었다.

"혹시, 강민우 씨가 제가 아는 그분이 맞으시다면 부탁 하나 하려고 그랬어요."

"흠흠흠, 뭡니까?"

"이번 합창 대회는 클래식이든 팝이든 가요든 자유곡 경연이거든요. 이왕 이렇게 우리가 의기투합했으니, 강민우 로커님이 작곡한 곡을 가지고 참여하는 건 어떨까 해서요. 그러면 훨씬 더 경쟁력 있을 것 같은데."

웃을 때마다 반달 모양의 눈매에 살짝 잡히는 눈가 잔주름을 그 누가 거부할 수 있겠는가.

"그, 그래요? 제 노래는 좀 하드한데?"

"어우, 그러면 더 좋죠! 독특하고 참신하잖아요. 부탁드려요, 강민우 로커님!"

거기에 살짝 패는 보조개까지.

"뭐, 저 사람들 실력 가지고 커버가 될지 모르겠네? 내 노래는 소화가 쉽지 않을 텐데."

"호호, 제가 한번 잘 가르쳐 볼게요. 부탁드려요!"

미연이가 양손을 가지런히 모아 부탁했다.

"뭐…… 정 그렇게 원한다면 한번 고려해 봅시다."

젠장, 내가 그렇게 윽박지를 땐 눈 하나 깜짝도 안 하더니!

미연이 앞에서는 순한 양으로 변해 버린 강민우가 어이없었다.

"김윤찬 의무관, 저 인간, 지금 허락한 거지? 지금 작곡해 주겠다는 거 맞지?"

정직한 교도관이 말을 더듬을 정도로 강민우의 행동은 놀랄 만한 사건이었다.

그런 어이없는 모습에 정직한 교도관이 어깨를 맞대며 소곤거렸다.

"그러게요. 그런 것 같은데요?"

"어이없네? 작곡은커녕 자기 노래 한 번만 불러 달라고 그렇게 부탁을 해도 쌩까던 놈이! 이게 말이 돼?"

헐, 정직한 교도관이 어이없다는 듯이 고개를 내저었다.

"그러게요. 저도 좀 낯설긴 하네요."

"와! 저 인간, 이렇게 배신 때리네?"

정직한 교도관이 짝다리를 짚은 채, 강민우를 향해 연신 검지를 흔들어 댔다.

"선생님, 저 배고픈데요. 뭐 좀 먹을 거 없어요?"

배 속에 '걸뱅이'가 들어앉았는지 3777 김형돈은 들어오자마자 먹을 것 타령이었다.

"야, 3777! 너 밥 처먹고 왔잖아! 아직 소화도 안 됐겠다!"

정직한 교도관이 어이없다는 듯이 소리쳤다.

"교도관님, 죄송한데 이름을 불러 주시는 게 어떨까요? 이곳에서만큼은."

"아, 네. 죄송합니다. 버릇이 돼서요. 그렇게 하겠습니다."

정직한 교도관 민망한 듯 뒷머리를 긁적거렸다.

"감사합니다! 교도관님, 형돈 씨! 우리 연습 끝나면 같이 먹어요. 제가 샌드위치랑 음료수 좀 싸 가지고 왔거든요."

"고기도 들어 있습니까?"

"뭐, 베이컨도 고기라면 그렇죠."

"베이컨!! 정말입니까? 제 거는 지금 주시면 안 돼요?"

김형돈이 침을 질질 흘리며 손을 내밀었다.

"어휴, 안 돼요. 이따가 우리 같이 먹어요."

"에이, 지금 배고픈데."

그렇게 미연이는 사람들을 편하게 해 주는 묘한 뭔가가 있는 여자였다.

어느새 미연이는 재소자들, 아니 합창단원들과 친해져 있었다.

"자, 그러면 지금부터 제가 반주를 해 줄 테니까, 여러분들의 실력을 맘껏 뽐내 보세요. 어느 분부터 시작할까요?"

"저요! 저요! 저요!"

콩콩이 삼총사가 잔망스럽게 손을 들어 올리며 제일 먼저 나섰다.

"좋아요! 어떤 노래를 부르실 건가요?"

"네! 더블의 '그대 안에서'요!"

"어, 그거 댄스곡인데?"

"그러니깐요. 저희가 춤도 되거든요!"

"호호호, 좋아요. 기대가 크네요. 시작할까요?"

"저, 근데 선생님, 우리가 누나라고 불러도 돼요?"

"그럼요, 당연하죠. 저도 남동생이 없거든요. 한꺼번에 동생이 셋이나 생기면 땡큐죠!"

"네! 예쁜 누나!"

"그러면 시작할까요?"

딩딩딩딩, ♬ ♩ ♩ ♪

그렇게 신나는 전주가 시작되자 콩콩이 삼총사가 안무인지 율동인지 구분이 안 되는 춤을 추며 노래를 불렀다.

"김윤찬 선생?"

그렇게 노래 연습이 진행되는 동안, 정 교도관이 내 이름을 불렀다.

"……."

"야, 윤찬아!"

아무런 대답이 없자 정직한 교도관이 내 어깨를 툭 건드렸다.

"네?"

"정신 차려. 뭘 그렇게 넋을 놓고 보는 거야?"

"아, 네. 아무것도 아닙니다."

"이미연 선생, 보면 볼수록 참한데? 매력적인 아가씨야. 안 그래?"

"아, 네. 그런 것 같네요."

"어떻게 내가 좀 다리 좀 놔줄까? 두 사람 잘 어울리는데?"

정직한 교도관이 은근슬쩍 내 속내를 떠보려 했다.

"됐거든요. 괜히 쓸데없는 짓 하지 마세요."

"뭘 그렇게 정색을 해? 아니면 아니지."

"아니, 그게 아니라……."

"이 사람아! 내가 여기서 근무한 지 올해로 10년이야. 사람들 눈빛만 봐도 뭘 원하는지 대번에 알 수 있거든. 지금 당신 눈에서 꿀 떨어져, 뚝뚝! 그거 받아 마시면 달달하다 못해 입안이 얼얼할 것 같거든!"

"네? 무슨 말도 안 되는……."

"독수리 눈은 속여도 내 눈은 못 속이네, 이 사람아. 누구 눈을 속이려고! 아무튼 잘해 봐."

정직한 교도관이 한쪽 눈을 찡그렸다.

"아, 아니, 그런 게 아니라니까요."

"'안 돼요돼요돼요.' 하는 거야 원래. 나, 방 점검 가야 하니까 애들 통제 잘하도록 해. 뭐, 그럴 리야 없겠지만, 괜히 불미스러운 일 생기면 곤란해. 치마만 두르면 할머니라도 환장하는 녀석들이니까."

"네, 걱정 마세요. 그건 그렇고, 저 뭐 하나만 여쭤볼 게 있어요."

"뭔데?"

"여기선 좀 그렇고, 잠시 복도로 나가시죠."
"그래? 알았어."

연습실 복도.
"음, 3100 김범식 씨 말이에요."
"3100이라……. 왜?"
김범식이란 말에 정직한 교도관의 표정이 심각해졌다.
"그냥 좀, 느낌이……."
"표정이 어둡지?"
"네, 좀. 왠지 합창단하고는 어울릴 것 같지 않아서요."
"흐음, 뭐 그럴 수도 있지. 근데 뭐, 노래는 잘하잖아?"
"네, 그래서 뽑긴 했는데, 영 개운치가 않네요."
"무기수라 걸리나?"
"네, 솔직히 그런 면이 없진 않습니다."
"걱정 마, 사고 치지 않을 테니까."
"네, 그렇다면 다행이고요."
"3100, 살인죄로 무기 받았는데, 내가 볼 땐, 뭔가 문제가 있어. 살인 같은 거 저지를 사람이 아냐."
"그렇군요."
"아무튼, 3100은 내가 보장할 테니까 너무 걱정 마."
"네, 알겠습니다."
"그럼 수고해. 아, 그리고 지난번에 내가 말했던 거 있잖아, 갤탁!"

정 교도관이 주변을 두리번거리며 소곤거렸다.

"네."

"몸통까지는 아니더라도 꼬리 정도는 잡은 것 같아. 아무래도 꼬리 자르기 하기 전에 우리가 선수를 쳐야 할 것 같은데?"

"아, 그래요? 그거 듣던 중 반가운 소리네요. 일단, 확보된 자료부터 저한테 넘겨주시죠. 제가 그 꼬리 단단히 묶어 놓을 테니까요."

"후후후, 이미 이메일로 보내 놨어. 좀 있다 확인해 보면 돼."

"아, 네. 고생하셨습니다."

"고생은 무슨. 그럼 수고해. 만약에 내가 못 오면, 네가 좀 박 교도관한테 애들 인솔해 주고."

"네, 그렇게 할게요."

틱틱틱.

[박영선 검사님, 자료 확보했으니 보내 드리도록 하겠습니다.]

난 지난번 사건으로 인연을 맺게 된 박영선 검사에게 문자를 보냈다.

띠링.

얼마 지나지 않아 박영선 검사한테서 답장이 왔다.

[오케이! 수고했습니다. 그렇지 않아도 저도 드릴 말씀이 있었는데, 잘됐네요. 제가 자료 검토하고 연락드리도록 하겠습니다.]

"자, 오늘은 여기까지만 할게요! 다음 주에 강민우 로커님의 곡이 나오면, 파트를 나눠서 본격적인 연습에 들어가겠습니다!"

"그럼 지금부터 샌드위치 먹는 겁니까?"

먹깨비 김형돈이 자신의 배를 문질렀다.

"그럼요! 이제부터 티타임입니닷!"

짝짝짝, 미연이가 손바닥을 마주치며 오늘 연습의 끝을 알렸다.

2시간가량의 연습이 끝난 후, 미연이 준비한 다과를 즐길 시간이었다.

"다들 생각했던 것보다 노래를 너무 잘하시네요!"

칭찬은 고래도 춤추게 한다고 했던가? 미연이 합창단원 하나하나의 장점을 언급하며 칭찬을 아끼지 않았다.

"강민우 로커님은 역시 명불허전이시고, 우리 콩콩콩 삼총사도 음정이나 박자감이 정말 뛰어나군요!"

"예스!"

미연의 칭찬에 녀석들이 양 주먹을 불끈 쥐었다.

"그리고 놀라운 건, 김범식 씨 음색이에요! 생전 처음 들어 보는 음색이에요. 정말 진흙 속의 진주를 만난 기분이라고 할까요? 가수를 하셨어도 엄청 성공하셨을 거 같아요. 안 그래요, 민우 로커님?"

"흠, 나쁘진 않더군요."

최고의 칭찬이었다.

칭찬에 인색한 강민우마저도 고개를 끄덕일 만큼, 김범식의 음색은 독특하고 신비스러웠다.

음치인 내가 듣기에도.

"게다가 형돈 씨는 묵직한 목소리가 제1베이스로 손색이 없어요. 너무 감이 좋아요. 이번 대회에서 1등 못 하는 게 더 어려울 것 같은데요?"

미연이가 해맑게 웃었다.

"헤헤헤, 그러면 샌드위치는요?"

"그럼요! 당연히 드려야죠. 연습하느라 고생하셨는데."

"만세!"

"다만, 맛이 있을지 모르겠네요. 나름 정성 들여 만들긴 했는데…… 입에 안 맞아도 제 성의를 생각해서 맛있게 드세요."

"야호!"

신이 난 콩콩이 삼총사가 만세를 불렀다.

그렇게 미연이 테이블 위에 식탁보를 깔고 정성스럽게 포장된 샌드위치와 음료수를 올려놓았다.

"미, 미쳤다리! 이거 천상의 맛이야!"

"누나, 여기다 뭘 넣은 거예요? 설마 이 진득진득한 거 마약 아니죠?"

그렇게 꺼내 놓은 샌드위치를 게걸스럽게 먹기 시작한 콩콩이 삼총사였다.

"어휴, 무슨 소리예요. 그거 메이플 시럽이에요."

"메이플 시럽요? 설탕물 같은 건가요?"

김형돈이 볼이 미어져라 샌드위치를 욱여넣으며 우물거렸다.

"호호, 네, 그거랑 비슷해요."

"어휴, 먹깨비 형! 진짜 무식하네. 메이플! 단풍나무! 그거 캐나다에서 자생하는 사탕단풍에서 추출한 천연 감미료예요. 설탕하고는 질적으로 달라요!"

3308 박금동이 김형돈을 향해 손가락을 흔들었다.

"그래? 아무튼 먹는 거 맞지?"

"네네, 맞습니다. 하여간 저 형은 다리 넷 달린 건 의자 말고는 다 먹어 치운다니깐."

하하하.

그렇게 화기애애한 분위기 속에 미연과 합창단원들은 하

나가 되어 가고 있었다.

"형돈 씨, 음료수도 마시면서 좀 천천히 드세요! 샌드위치 충분히 많이 싸 왔어요."

"헤헤헤, 그렇습니까? 그러면 저 두 개 먹어도 돼요?"

"그럼요. 오늘 노래도 너무 잘 불러 주셨으니까, 세 개 드셔도 돼요!"

"누나, 누나도 음료수 좀 드세요."

또르르, 3309 진순남이 종이컵에 사이다를 따라 미연에게 건네주었다.

"응, 고마워."

금세 콩콩이 삼총사와 친해진 미연이었다.

"잠깐만요. 미연 씨, 그거 말고 이거 드세요."

난 진순남이 따라 준 음료수 잔을 치운 후, 텀블러 하나를 그녀에게 내밀었다.

"이게 뭔가요?"

"생강 달인 물이에요. 생강엔 진저론과 쇼가올이 풍부해서 폐를 정화시켜 주고 폐에 쌓이는 독소를 해독해 주는 기능이 있어요. 평소에도 탄산보단 생강이나 오미자 같은 걸 달여서 드세요. 탄산은 해롭습니다."

"앗! 정말요? 저, 사이다 중독인데!"

미연아, 알아! 그러니까 지금부터라도 탄산을 끊어야지. 탄산은 폐에 독이나 마찬가지니까.

"힘드시겠지만, 지금부터라도 탄산은 끊도록 하세요."

"아, 네. 이거, 절 위해서 준비하신 거예요?"

"아니요. 꼭 그런 건 아니고, 노래 부르려면 기관지나 폐에 좋은 음료를 마시는 게 좋을 것 같아서요."

"아, 네, 그러면 잘 마시겠습니다."

"음, 생각보다 안 맵네요?"

홀짝, 미연이 생강차를 마시며 환하게 웃었다.

"선생님! 이거 차별 대우가 너무 심한 거 아닌가요? 우리는 사이다 마셔도 되고, 선생님만 몸에 좋은 거 마시나요?"

그러자 3308 박금동이 볼멘소리를 냈다.

"야, 인마! 척 보면 척이지! 그걸 말로 표현을 해야 하냐, 멍충아?"

"왜? 뭔데?"

"어휴, 진짜 되게 멍충하네. 야, 잘 들어. 우리 학고(시내버스) 때끼(소매치기)할 때, 까치집(물색한 범행 대상을 둘러싸는 짓) 짓는 이유가 뭐야?"

"그거야 뭐, 바가지(핸드백) 잘 째빌려고 그러는 거지."

"그렇지! 그러니까 지금 김윤찬 선생이 까치집 짓고 있는 거야. 누나한테 잘 보이려고."

"아하! 그렇게 설명해 주니깐 이해가 팍팍 되네. 김윤찬 선생님이 미연 누나한테 관심이 있는 거구나?"

"흐흐흐, 당근!"

콩콩이 삼총사 녀석들이 깔깔거리며 나를 힐끗거렸다.

"김미연 선생, 저 좀 잠깐 봅시다."

드르륵, 그렇게 2시간여의 합창 연습이 마무리될 무렵, 주근식 과장이 문을 열고 들어왔다.

"네? 저요?"

"네네, 연습 끝났으면 행정실로 좀 오세요! 이것저것 서류 작성할 게 몇 장 있습니다."

"네, 알겠습니다."

"김윤찬 선생님, 애들 인솔해 각 방으로 인계 잘해 주시고, 선생님도 행정실로 오세요."

"네, 알겠습니다."

잠시 후, 교도관 행정실.

"이거 한번 읽어 보시고 거기에 사인하시면 됩니다."

뻐금뻐금, 주근식 과장이 삐딱하게 앉아 담배를 태우며, 볼펜과 서류 한 장을 내밀었다.

"이게 뭔가요?"

콜록콜록, 이미연이 연신 마른기침을 하며 서류를 들어 올렸다.

"뭐, 비밀 서약 같은 겁니다. 교도소 내에서 선생님이 보고, 듣는 것들을 외부에 누설하지 않겠다는, 뭐 그런 형식적인 거예요. 별거 아닙니다."

"아, 네, 알겠습니다. 여기에 사인하면 되나요?"

"네네. 거기, 거기에 사인하시면 됩니다."

그렇게 미연이 사인을 하기 위해 몸을 숙이는 순간, 입고 있던 니트가 살짝 벌어져 살이 비쳤고, 그 순간을 놓치지 않으려는 듯 주근식이 눈을 찢으며 힐끗거렸다.

"제 얼굴에 뭐가 묻었나요?"

주근식의 시선을 의식했는지, 미연이 가슴에 손을 올려 닫으며 물었다.

"흠흠흠, 아무것도 아니에요. 그나저나 미연 씨, 남자 친구는 좋겠네."

여전히 느물느물한 눈빛을 거두지 않는 주근식이었다. 반말인지 존댓말인지 어정쩡한 그의 말투였다.

"네? 그게 무슨 말씀이시죠?"

"아니, 미연 씨처럼 예쁜 여친을 사귀면 당연히 좋지 않겠어? 나라면 맨날 업고 다니겠구먼. 그리고 미연 씨 생각보다 볼륨 있네?"

주근식이 입가에 비릿한 미소를 띠며 미연의 몸을 훑어 내렸다.

"아, 네."

"어휴, 합창단원들 계 탔네, 계 탔어!"

미연이 어색하게 웃자, 주근식이 추근대기 시작했다.

잠시 문 앞에서 문자를 확인하던 난 들려오는 이야기에 순간 욱하고 말았다.

개새끼, 이쯤 되면 성희롱이 맞다.

"지금 실내에서 뭐 하시는 겁니까?"

쾅!

난 한걸음에 달려가 주근식이 피우고 있던 담배를 낚아채, 재떨이에 비벼 껐다.

"어? 김윤찬 선생??"

"실내에서 담배를 피워도 되는 겁니까? 분명히 여긴 금연일 텐데요?"

"아, 그거야 뭐, 아무도 없어서 그냥 한 대 피운 걸 가지고, 뭘 그렇게 과민 반응을 보이십니까?"

"아무도 없다뇨? 앞에 이미연 씨가 안 보십니까?"

"아, 알았어요. 그렇다고 이렇게까지 과민 반응을 보일 것까진 없잖아요? 김 선생이 저 여자 애인도 아니고, 뭘 그렇게 죽일 듯이 쳐다보쇼? 잘하면 치겠네?"

주근식이 빈정거리는 투로 피식거렸다.

"폐를 괴롭히고 싶으시면, 당신 폐나 괴롭히십시오. 간접흡연이 얼마나 안 좋은지 아십니까?"

"눈알 부러지겠네? 알았으니까, 눈 좀 풀어요."

"과장님, 자꾸 제가 당신보다 직급이 높다는 걸 간과하시는 것 같은데, 대답 똑바로 하십시오. 상관모욕죄로 시말서 쓰고 싶지 않으면."

"하, 하하, 하하하, 알았어요. 알았다고요. 이건 뭐, 여자 앞에서 가오 잡는 것도 아니고. 네네, 알아 모시겠습니다."

"미연 씨, 이거 가지고 계세요."

"이게 뭐죠?"

"항상 휴대하고 계시면서 쓰시고, 나중에 저한테 돌려줘요. 그다음은 내가 알아서 할 테니까요."

난, 미연의 손에 휴대용 녹음기를 쥐여 주었다.

"주근식 과장님, 오늘처럼만 하세요. 다음엔 19호에서 볼 테니까. 알았죠?"

19호 감방은 성범죄자들이 모여 있는 방이었다.

"뭐, 뭐라고요?"

당황한 듯 주근식이 말을 더듬었다.

"이보세요, 거기 지퍼 내려갔어요. 어서 올려요, 사진 찍어서 증거 자료로 쓰기 전에."

"앗! 이, 이게 왜 내려간 거야?"

주근식의 얼굴이 토마토처럼 붉어졌다.

지금이 어떤 시대인데 주둥이를 함부로 놀리는 거야!

"미연 씨, 볼일 다 봤으면 나갑시다. 바래다드릴게요."

"아, 네, 선생님."

"미연 씨, 괜찮아요?"

주근식의 지저분한 추근거림에 미연이의 얼굴이 상기되어 있었다.

"아, 네. 괜찮아요."

"미연 씨, 그렇게 대놓고 앞에서 담배 피우면, 당당히 끄라고 말하세요. 괜히 참지 말고. 폐에는 간접흡연이 더 나쁩니다."

"네, 선생님! 고맙습니다."

미연이 고개 숙여 감사를 표했다.

"저한테 고마울 건 없고요. 본인 건강은 본인이 알아서 챙기십시오. 그 누구도 챙겨 주지 않아요."

"콜록콜록, 네."

"감기 드셨어요?"

"아, 아뇨. 괜찮아요."

미연이 고개를 내저었다.

"몸 안 좋으면 의무실로 갑시다. 제가 약을 좀 지어 드릴……."

"아니에요. 정말 괜찮아요. 간만에 목을 좀 썼더니 그런 것 같아요. 신경 써 주셔서 감사합니다."

"정말 괜찮겠어요?"

"네네."

미연이 고개를 끄덕였다.

"그럼 다행이고요. 자, 가시죠. 바래다드릴게요."

그렇게 나와 미연은 행정실을 빠져나와 교도소 밖으로 향했다.

잠시 후.

"저, 선생님!"

끼이익, 그렇게 교도소 문을 열고 나오자 미연이 내 이름을 불렀다.

"네?"

"저 그런데, 선생님한테 궁금한 게 하나 있는데 물어봐도 돼요?"

"네, 그러시죠."

"저한테 왜 이렇게 잘해 주세요?"

"네?"

"아뇨, 그렇게 놀라실 것까지는 없고요. 그냥, 선생님이 저한테 잘해 주시는 것 같아서요."

"아, 제가요??"

"네, 원래 이렇게 친절하세요? 이런 것도 챙겨 주시고."

미연이 가방에서 내가 준 녹음기를 꺼내 들었다.

"그건 뭐, 하도 주 과장이 미연 씨한테 찝쩍대기에, 다시는 그렇게 못 하게 하려고요."

"그렇구나. 저, 물어보고 싶은 거 하나 더 있어요."

"네, 말씀하세요."

"원래 선생님은 모든 여자들한테 다 그렇게 친절하신 거죠?"

"네? 아, 제 행동이 부담스러웠나요?"

"아, 아니에요. 절대 그런 건 아니고, 그냥 궁금해서요."

"그냥 뭐, 전……."

"미연아!"

그 순간, 지난번에 봤던 미연이의 선배가 우리 쪽으로 달려왔다.

"어, 오빠!"

"남자 친구?"

"아, 아뇨! 그런 거 절대 아니고, 우리 과 친한 선배예요! 오지 말라고 그렇게 말했는데도 자꾸 오네요."

미연이 정색하며 양손을 내저었다.

"아, 네."

"오빠, 안 와도 된다니까 왜 자꾸 데리러 와?"

미연이 남자에게 핀잔을 주듯, 샐쭉거렸다.

"어, 그거야 뭐, 여기가 교도소기도 하고, 걱정도 되고 해서 그런 거지."

전에도 느꼈던 것이지만 이 남자의 눈빛만 봐도 알 수 있다. 지금 그 말이 진심이라는 것을.

이 남자는 미연이를 좋아하고 있어.

"그래도, 나 부담스러우니까, 다음부터는 이러지 마."

"아, 알았어. 안 그럴 테니까 가자!"

"선생님, 저 갈게요. 아! 오빠, 인사해. 이쪽은 이번에 내가 맡은 합창단 단장님이자 교도소 의무관님이신 김윤찬 선생님이셔!"

미연이 남자에게 나를 소개해 줬다.

"네, 장현수입니다. 미연이 학교 선배예요. 반갑습니다."

장현수가 손을 내밀어 악수를 청했다.

"네, 김윤찬입니다. 반갑습니다."

그렇게 장현수가 내민 손을 잡는 순간, 난 느낄 수 있었다.

그의 손이 무척이나 뜨겁다는 것을.

장현수 이 사람, 뭔가 몸에 문제가 있다.

"네, 미연이한테 얘기 많이 들었습니다. 잘 부탁합니다."

"어머, 오빠가 왜 윤찬 선생님한테 잘 부탁해?"

"아니, 뭐 그냥."

장현수가 수줍은 듯 머리를 긁적거렸다.

"오빠가 그런 걱정 안 해도 선생님이 알아서 잘하고 계셔."

"그래, 알았어."

"현수 씨, 잠깐만요!"

"네?? 무슨 일이시죠?"

"혹시, 어디 편찮으신 데 있어요?"

"저요? 아뇨."

"음, 그래요? 혹시 시간 괜찮으시면 의무실에 잠깐 같이 가시죠?"

"죄송한데 어쩌죠? 오늘 교수님이랑 중요한 미팅이 있어서요. 지금은 곤란할 것 같은데요?"

"잠깐이면 될 것 같은데……."

"아뇨, 지금도 늦었거든요. 빨리 가 봐야 해서요."

"오빠, 아직 시간 여유 있잖아? 잠깐 들러도 될 것 같은데?"

"아니야, 약속 시간 당겨졌어. 지금 바로 가 봐야 해."

장현수가 시계를 톡톡 치며 재촉했다.

약속 시간이 바뀌었을 리가 있나? 난 본능적으로 느낄 수 있었다. 나에 대한 수컷의 경계심을.

"정말?"

"어, 지금 이미 늦었거든."

"네에. 그러면 미팅 후에라도 반드시 병원에 가 보시는 것이 좋을 것 같아요."

"아…… 네, 그렇게 하겠습니다. 다음에 뵐게요."

병원에 가란 소리에 장현수가 떨떠름한 표정을 지었다.

"네, 운전 조심하십시오."

"네."

"선생님, 이번 주는 중간에 한번 실력 점검하러 올게요! 합창단원들에게 꼭 좀 알려 주세요."

미연이가 환한 미소로 손을 흔들었다.

"네, 알겠습니다."

그러나 두 사람이 차에 탄 지 얼마 되지 않아 장현수의 차가 갈지자로 움직이더니 마침내 교도소 담벼락을 박아 버리고 말았다.

쾅!

"이런 젠장! 뭐야?"

요란한 소리에 난 허겁지겁 장현수의 차로 달려갔다.

"어떻게 된 겁니까? 미연 씨, 어디 다친 데 없어요??"

허억허억, 난 본능적으로 조수석 문을 열어젖혔다.

"저는 괜찮은 것 같은데, 오빠가 좀 이상한 것 같아요."

위급한 순간에도 핸들을 운전석 쪽으로 돌린 장현수.

그 덕(?)에 미연은 가벼운 타박상 외에 큰 문제는 없어 보였다.

하악하악.

핸들에 머리를 박은 채, 고통스러워하는 장현수. 고장이 났는지 에어백이 튀어나오지 않아 이마에 상처를 입은 모양이었다.

하지만 지금 이마의 상처가 중요한 게 아니었다.

"하악하악, 수, 숨이 잘 안 쉬어져요!"

핏기가 가서 얼굴이 백지장처럼 변한 장현수. 숨을 가쁘게 몰아쉬는 것으로 볼 때, 텐션 뉴모소락스(긴장성 기흉)가 틀림없었다.

"미연 씨! 현수 씨 좀 업게 도와주세요! 의무실로 가야 할 것 같아요."

"어머, 현수 오빠 괜찮은 건가요?"

"네, 일단 의무실로 가서 확인을 해 봐야 할 것 같아요. 너무 걱정 말아요. 위급한 건 아니니까."

"아, 네. 알았어요."

울상이 된 미연이 장현수를 내 등에 올려놔 주었다.

♥

교도소 의무실.

후다다닥.

장현수를 업고 의무실로 달려온 난, 재빨리 그를 베드 위에 올려놨다.

"미연 씨는 밖에 나가 계세요!"

"오, 오빠 괜찮은 거죠?"

"네, 걱정 마세요. 밖에 나가서 기다리세요. 미연 씨가 여기 계셔 봐야 아무런 도움이 안 됩니다."

"네, 알겠어요."

미연은 잠시 머뭇거리다 의무실 밖으로 나갔다.

"제가 누군지 아시면 고개를 끄덕여 보세요."

"……."

그러자 장현수가 고개를 끄덕였다.

그 말은 아직 의식은 있고, 뇌에 타격은 없었다는 것.

"지금, 어디가 가장 아픕니까?"

"가, 가슴요. 가슴이 칼에 찔린 듯이 아픕니다."

허억허억, 장현수가 몸을 웅크리며 급격히 악화된 호흡곤란 증세를 보였다.

촤악, 난 그의 상의를 벗기고는 가슴 주변에 청진기를 대 보았다.

심각하게 심음이 떨어지는 우폐.

기흉이 생긴 우폐가 정상적인 좌폐에 비해 심음이 상당히 감소되어 있었다.

그건 우폐 쪽에 긴장성 기흉이 생겼다는 방증이었다.

이처럼 심하게 호흡곤란이 온 걸 보면 호흡기 쪽에 지병이 있었다는 건데…….

"현수 씨, 혹시 에스마…… 아니 천식 있어요?"

"하악하악, 네에. 저, 천식 이, 있어요."

젠장, 그럼 왜 아까는 아픈 데가 없다고 했어!

역시 예상대로 장현수는 천식을 앓고 있었다.

"네뷸라이저는요?"

"하악하악, 깜박하고 집에 두고 왔어요."

흉강 내부에 공기가 차, 압력이 높아지면 반대로 혈압은 치명적으로 낮은 수준으로 떨어지게 되어 있다.

결국, 극심한 흉통과 함께 호흡곤란, 경정맥팽대 등의 증세를 보이는데, 장현수처럼 만성 호흡기 질환을 앓고 있는 환자의 경우는 그 양상이 더욱더 격렬하고 극심하다.

지금 당장 흉강의 공기를 빼내지 않으면 장현수는 죽을 수도 있었다.

일단은 난 호흡곤란을 해결하기 위해, 기관지 확장제를 코를 통해 투여해 주었다.

하악하악, 그러자 장현수의 호흡이 조금은 안정을 되찾는 듯 보였다.

"숨쉬기 좀 편해지셨으면 고개를 까딱거려 보세요."

"……."

하악하악, 장현수가 고개를 까딱거렸다.

됐어, 지금부터는 흉막천자.

"무슨 일입니까?"

"안 교도관님, 때마침 잘 오셨네요. 긴장성 기흉 같습니다. 흉관 삽관을 해야 할 것 같으니, 11번 메스 좀 저한테 갖다주세요."

"네, 알겠습니다."

"현수 씨, 베타딘(소독약)이 좀 찹니다. 움직이지 마시고 가만있으세요."

난 베타딘을 잔뜩 머금은 솜을 들고 우폐 주변에 약을 도포했다.

"……."

"이제 마취합니다, 좀 아플 수 있으니까 참으세요."

"으으으으."

기다란 바늘이 꽂히고 마취 약이 들어가자 장현수가 옅은 신음 소리를 토해 냈다.

"한 번 더 들어가요. 아파도 좀 참으셔야 합니다. 몸 움직이지 마시고요."

"으으으으."

역시나 같은 신음 소리가 흘러나왔다.

스윽, 이제는 11번 메스로 약 2센티 정도 피부를 절개하고 그 사이로 관을 삽입한 후, 삽입된 관이 움직이지 않도록 겸자로 물려 놓았다.

또르르, 절개된 피부 사이로 조금씩 피가 흘러내리고 있다.

"많이 아프세요? 이 정도면 피 조금 나는 건데."

"하악하악, 네에, 조금요."

"걱정 말아요! 제가 우리나라에서 제일 안 아프게 하는 사람이니까."

잔뜩 겁을 먹은 장현수를 진정시킬 필요가 있었다.

"제가 아주 예쁘게 꿰매 드릴게요."

그렇게 난 절개된 부위를 수술 실로 꿰맸다.

"안 교도관님, 여기 실 좀 잘라 주세요."

"여기요?"

"아뇨, 좀 더 바짝 잘라 주시면 됩니다."

"여기 자르면 됩니까?"

"네네. 거기 가위로 잘라 줘요."

"네, 선생님!"

옆에서 대기하고 있던 안 교도관이 시저(가위)를 들고 조심스럽게 묶인 자투리 실을 잘라 냈다.

이제 노란색 관을 연결하고 공기를 빼내면 끝이었다.

"선생님, 이렇게 직접 응급조치도 하십니까?"

흉강천자가 끝나자 안 교도관이 신기한 듯 물었다.

"네, 뭐 급하면 하는 거죠."

"좀 전에 바늘로 꿰매시는 거 보니까, 휙휙 손이 안 보이던데요. 정말 대단하시네요."

"뭐, 외과 의사는 다 하는 겁니다."

"에이, 그게 아닌 것 같던데요? 전에 의무관님은 아무것도 못 하던데요? 선생님 보니까 진짜 의사 보는 것 같아요!"

"과찬이십니다."

"아무튼, 우리 교도소에 와 주셔서 감사합니다. 옆에서 직접 뵈니 정말 경이롭네요!"

"네, 감사합니다. 앞으로도 잘 좀 도와주십시오."

"네네, 제가 특별히 뭘 도와드릴 게 있을지 모르겠지만, 최선을 다하겠습니다."

잠시 후.

"다 됐어요. 마취 깨시면 조금 아플 수 있어요."

"하악하악, 네, 감사합니다."

이제 조금 살 만한지 장현수가 힘겹게 입을 열었다.

"네, 이제 위험한 고비는 넘겼으니까, 여기서 좀 계시다가 바로 전문 병원으로 가서야 할 것 같아요. 대충 응급조치는 했는데, 좀 더 정밀 검사가 필요할 수 있습니다."

"네에, 알겠습니다, 선생님."

"그래요. 좀 쉬세요. 이따가 다시 올게요."

"많이 놀라셨죠?"

"네, 선생님! 현수 오빠는요?"

의무실 밖으로 나가자 초조하게 기다리고 있던 미연이 달려왔다.

"응급조치 이제 막 끝났습니다. 큰 문제는 없을 거예요."

"다행이에요. 정말!"

금세라도 눈물방울이 떨어질 듯 눈두덩이가 붉게 물들어 있었다.

"이거 좀 마셔요. 오미자차예요."

난 미연에게 텀블러를 넘겨주었다.

"어머, 감사해요."

미연이 떨어질 듯 매달려 있던 눈물을 훔쳐 내며 텀블러를 받아 들었다.

"따끈하니 마시고 나면 한결 기분이 좋아질 거예요."

"네, 정말 그런 것 같아요."

후루룩, 미연이 오미자차를 한 모금 베어 물며 미소 지었다.

"오미자에 풍부한 플라보노이드는 혈중 유해 산소를 분해해 피를 맑게……."

"그래서 폐에 좋다는 거죠?"

미연이 싱긋 웃으며 물었다.

"아, 네. 폐에 아주 좋은 음식입니다."

"좀 전에는 생강차, 이번엔 오미자차! 그러고 보니 전부 폐에 좋은 음료네요. 그쪽에 관심이 많으신가 봐요?"

"아, 네. 제 전공이 그쪽이라서요."

"아아."

그녀가 크게 고개를 끄덕였다.

"그나저나 미연 씨는 어디 다친 데 없어요?"

"네네, 전 괜찮아요."

"다행이네요. 다만, 교통사고는 후유증이 늦게 올 수도 있으니까, 꼭 병원에 가서서 검사를 받아 보세요."

"네, 고마워요, 선생님!"

"그리고 현수 씨 부모님한테도 연락해서 큰 병원에 가서 검사를 받아 보시라고 하세요. 응급조치는 해 뒀는데, 혹시 폐 쪽에 문제가 더 있을 수도 있으니까요. 기흉 같은 경우는 재발률이 굉장히 높습니다. 특히, 현수 씨처럼 천식을 앓고 있으면 더 위험할 수 있어요."

"네, 알겠습니다. 그렇게 전할게요."

"아, 그리고 현수 씨 같은 경우는 네뷸라이저를 항상 휴대하고 다녀야 하는데, 깜빡깜빡하나 봐요. 그거 현수 씨한테는 목숨 줄 같은 기구예요. 현수 씨가 깜빡하면 미연 씨라도 챙겨 줘요."

"음, 제가 뭐, 현수 오빠랑 항상 같이 있는 것도 아니고, 제가 챙겨 주는 건 좀 오버인 것 같고, 현수 오빠한테 그렇게 일러둘게요. 부모님한테도 꼭 전해 드리고요."

미연이 애써 장현수와 자신의 관계에 선을 그었다.

"아, 네. 그러면 전 이만 가 볼게요. 마냥 의무실을 비워 둘 순 없을 것 같아서요."

"그건 그렇고, 선생님! 드릴 말씀이 있는데요."

"말씀하세요."

"네에, 아무리 생각해도 제가 일주일에 두 번은 와야 할 것 같아서요! 합창 대회가 3주밖에 안 남아서 제가 좀 불안해요."

"아이고, 시간 괜찮으시겠어요?"

"그럼요! 없어도 내야죠. 이번에 우리 합창단 꼭! 우승시키고 싶어서요. 일주일에 두 번 오는 거 가능하겠죠, 소장님한테 말씀드리면?"

미연이 두 주먹을 불끈 쥐며 의지를 불태웠다.

"하아, 뭐 소장님도 이번 대회에 엄청 관심이 높으시니, 어렵지는 않을 것 같네요. 게다가 합창단원들도 좋아할 거고요."

"정말요?? 그러면 지금 당장 소장님한테 가서……."

당장 소장실로 달려갈 기세였다.

"워워! 아니에요. 주말이라 소장님 안 계세요. 제가 월요일에 말씀드릴게요. 얼른, 현수 씨 부모님한테 연락부터 하세요."

"헤헤헤, 그럴까요? 그러면 우리 다음 주에 봬요, 선생님!"

"네에, 그렇긴 한데, 혹시 규정상 안 될 수도 있어요."

"아니요, 꼭 그렇게 해야 해요. 안 되면 제가 피켓이라도 들고 1인 시위 할 거예요. 그러니까 꼭 소장님 허락 받아 주세요."

"아, 네. 제가 잘 말씀드려 보겠습니다."

"앗, 선생님! 그리고 우리 합창단 이름을 생각해 봤는데, '드리미' 어때요?"

"드리미요?"

"네네, 각자 꿈을 이루기 위해 합창단에 지원한 사람들이잖아요. 그래서 '꿈꾸는 사람'이란 의미로 드리미라고 지어 봤어요. 어때요?"

"오, 좋은데요!"

"호호호, 정말요? 진짜 좋아요?"

"그럼요. 좋아요."

"야호! 신난다!"

별것도 아닌 일에 미연이 팔짝팔짝 뛰며 좋아했다.

"그래요. 전 이만 현수 씨한테 가 볼게요."

"잠깐만요, 선생님!"

그러자 미연이 내 발걸음을 멈춰 세웠다.

"선생님, 자꾸 저한테 이렇게 잘해 주시지 마세요. 저 그러면 오해할지도 몰라요."

"네? 제가요?"

"네, 그냥 좀……."

"역시 부담스럽군요?"

"아뇨, 아뇨. 그런 게 아니라, 아무튼요. 전 이만 연락하러 가 볼게요."

미연이 서둘러 발걸음을 재촉했다.

"네에."

"선생님, 저 선생님한테 드릴 말씀이 있어요."

그렇게 미연과 헤어진 후.

의무실로 들어가자 장현수가 천천히 몸을 일으켜 세웠다.

"네, 말씀하세요."

"미연이는 밖에 있나요?"

"네, 일단 현수 씨 부모님한테 연락을 드리라고 말씀드렸어요."

"아, 네. 그렇군요."

"일단 응급조치를 해서 급한 불은 껐는데, 큰 병원에서 폐 CT도 찍어 보시고, 여러 가지 검사를 해 봐야 할 것 같아요. 폐기흉이라는 게 재발률이 굉장히 높거든요."

"그렇군요."

"그래서 기흉이 생긴 부위를 절제해 주면 훨씬 더 안정적일 겁니다. 개흉 수술 없이 흉강경으로 가능한 수술입니다."

"네, 그렇게 하겠습니다."

"가뜩이나 천식을 앓고 계시니까요. 오늘은 정말 운이 좋았어요. 하지만 다음에도 이렇게 운이 좋으리라는 보장은 없습니다. 아, 그리고 네뷸라이저 꼭 챙기시고요."

"네, 감사합니다, 선생님!"

"그나저나 뭘 물어보신다고 하지 않으셨나요?"

"네에, 미연이 일인데요……."

남자의 직감이다.

미연이란 두 글자만으로도 장현수의 입술이 미세하게 흔들릴 만큼, 장현수는 미연이를 맘에 두고 있는 것이 틀림없었다.

"네, 말씀하세요."

"죄송한 말씀인데, 저 솔직히 미연이가 교도소를 들락거리는 게 마음에 걸리거든요."

장현수가 망설이다 조심스럽게 입술을 뗐다.

"어떤…… 면에서요?"

"네, 솔직히 말씀드릴게요. 제 편견일지는 모르겠지만, 이곳에 있는 사람들은 다 죄를 짓고 들어온 험한 사람이잖아요. 가뜩이나 마음 여린 미연이가 이곳에서 험한 꼴을 당하면 어떡하나, 항상 가슴을 졸여요."

남자 친구라면 충분히 걱정할 만한 일일 것이다. 이 남자,

미연이를 정말 좋아하고 있구나라는 생각이 들었다.

"너무 걱정 마세요. 전부 좋은 사람들입니다. 저도 옆에 있고요."

"······네에. 선생님이 계셔서 그나마 조금 안심이 되긴 합니다."

글쎄. 장현수의 이 말이 내 귀엔 '선생님 때문에 더 불안하군요!'라고 들리는 건 왜일까.

"네, 미연 씨도 다 큰 성인이고, 합창단원들도 현수 씨가 생각하는 것만큼 험한 사람들은 아니에요. 지금까진 잘 지내고 있으니 걱정 마세요."

"네에. 그런데 셔츠 단추도 좀 끝까지 채우고, 치마도 짧은 것 좀 입지 말라고 해도 미연이가 잘 말을 안 들어요."

후우, 장현수가 땅이 꺼져라 한숨을 내쉬었다.

장현수 씨, 미연이는 어릴 때 기절 놀이 한다고 애들이 장난을 치는 바람에 큰 곤혹을 겪고 난 후부터는 목 졸림에 트라우마가 있어 단추 달린 셔츠를 못 입어요!

"현수 씨, 여자들은 이것저것 간섭하면서 하지 말라고 하면, 더 튕겨 나가는 법이에요."

"그렇긴 한데, 아무래도 좀 불안불안해서요."

"음, 이러면 어떨까요? 셔츠 단추가 풀어진 게 신경 쓰이시면, 현수 씨가 예쁜 스카프를 하나 사서 목에 둘러 주세요. 뭐, 미연 씨는 보라색을 좋아······."

아뿔싸, 나도 모르게 쓸데없는 말이 튀어나오고 말았다.

"어? 미연이가 보라색을 좋아하나요? 저도 모르는 건데."

"아, 네. 그게 아니라, 미연 씨 보니까 가방이랑 신발이랑 보라색을 좋아하는 것 같아서요."

어쩔 수 없이 대충 얼버무릴 수밖에 없었다.

"아, 네."

"네네. 보통 여자들이 보라색을 좋아라 하더라고요. 보라색 스카프나 머플러 사셔서 자연스럽게 목에 매어 주시면 좋을 것 같네요. 물론 매 줄 때 너무 꽉 조이시면 안 되고요, 하하."

"네네, 그거참 좋은 생각이네요."

장현수가 고개를 공감한다는 듯 고개를 끄덕였다.

"네, 미연 씨를 걱정하는 마음은 잘 알겠는데, 여기 사람들, 현수 씨가 걱정할 만큼 위험한 사람들 아니에요. 걱정 안 하셔도 됩니다."

"네, 알겠습니다."

"그리고 앞으로 교도소에 미연 씨 데리고 올 때는 버스를 이용해 보세요. 교도소로 오는 길이 참 예쁘거든요. 오시면서 두 분 대화도 나눠 보시고, 가실 때 저기 매봉산 밑자락을 따라 산책로가 있으니 이용해 보세요. 아마 미연 씨도 좋아할 겁니다. 어차피 기흉 때문에 당장 운전은 자제하시는 게 좋으니까요."

"앗! 그래요? 미연이가 좋아할까요?"

물론이지. 미연이가 얼마나 걷기를 좋아하는 여잔데.

"아마 그러지 않을까요?"

"그렇군요! 선생님은 여자에 대해서 되게 많이 아시는 것 같아요! 스카프 선물도 저는 생각도 못 한 건데."

아니, 내가 여자에 대해 알긴 뭘 압니까?

이게 다 미연이가 좋아했던 거니까 아는 거지.

"후후후, 남친이라면 그 정도는 해 줘야죠."

"에휴, 저 남친 아니에요. 그냥, 저 혼자 속앓이하는 거죠."

"아, 그렇군요. 원래 다 그렇게 시작하는 거예요. 잘해 보세요. 두 분 잘 어울리는 것 같으니까."

"네에, 고맙습니다. 저, 솔직히 미연이 많이 좋아합니다."

어느 바보가 그걸 모르겠니? 얼굴에 다 쓰여 있는데.

당신이라면 미연이를 행복하게 해 줄 것 같군요.

지금 이 마음 절대 변하지 말아요.

"네, 그래 보여요."

"네네. 제가 선생님보다 나이가 좀 어린 것 같은데, 형님으로 모셔도 되겠습니까?"

하아! 아니, 그렇게까지는 하고 싶지 않은데?

"아, 네. 차차요. 우리 차차 그렇게 합시다."

"아, 네. 알겠습니다."

♥

다음 날, 교도소 의무관사.

띠리리링.

—윤찬 선생님, 저 박영선입니다.

박영선 검사로부터 전화가 왔다.

"네, 검사님!"

—네, 보내 주신 자료는 잘 받았습니다. 황웅제약의 김치환 대리라는 인간, 여기저기 빨대를 안 꽂아 둔 곳이 없더군요.

"아, 네, 그런가요?"

—네네. 이건 뭐, 흡혈박쥐도 아니고, 교도소는 물론이고 온갖 관공서, 보건소 등등 발이 닿지 않은 곳이 없어요. 완전 문어발입니다.

"네. 아마도 김치환 대리 단독으로 처리할 수 있는 문제는 아닐 겁니다."

—네, 당연히 든든한 뒷배가 있겠죠. 아무튼, 선생님이 보내 주신 자료 덕분에 주근식 과장과 김치환의 검은 고리가 어느 정도 윤곽이 드러난 것 같습니다. 전부 윤찬 쌤 덕이에요. 바로 쳐들어가도 꼼짝 못 할 것 같은데요?

"아뇨, 이번 기회에 검사님 평검사 면하셔야죠."

—네? 그게 무슨 말씀이십니까?

"이번 기회에 부장님으로 승진하셔야 하지 않겠습니까?"

—에이, 그게 어디 내 뜻대로 됩니까?

"충분히 가능하실 겁니다. 다만, 지금 터트리기에는 설익은 것 같아요. 맛이 별로 없을 겁니다. 김치환과 주근식 두 사람만의 일탈이 아니니까요."

—빙산의 일각이다?

"네, 조그만 더 기다려 보시죠. 병원, 교도소, 정부 당국, 지자체 줄줄이 엮어야죠. 굴비처럼요. 그러면 검사님, 곧 부장님 되실 것 같은데?"

—호호호, 저야 그러면 땡큐죠. 윤찬 쌤한테 한턱 크게 쏴야겠는데요?

"네, 그러셔야 할 겁니다."

—네, 알겠습니다. 저희도 나름대로 뒷다리 밟아 볼 테니까, 뭐가 나오면 바로 연락 주십시오.

"네, 그렇게 하겠습니다."

월요일, 허세 교도소장실.

"좋아요! 그렇게 합시다. 뭐, 어려울 것 있겠습니까? 미연 양이 그렇게 적극적으로 나오는데."

"네, 그러면 수요일, 토요일 이렇게 일주일에 두 번 합창 연습을 하도록 하겠습니다."

"허허허, 좋아요, 좋아! 이번 대회에서 반드시 우리 교도소가 우승하는 겁니다?"

"네, 최선을 다하도록 하겠습니다."

"그나저나, 주 2회로 나오면 우리 쪽에서 교통비나 뭐 이런 걸 제공해 줘야 하는 것 아닌가? 흐음, 우리 교도소 예비비가 그리 넉넉지 않은데 말이야."

예비비가 넉넉지 않긴. 당신이 주말마다 골프만 치러 다니지 않아도 차고 넘치는 게 예비비야.

"뭐, 그런 걱정은 안 하셔도 될 것 같군요. 본인 스스로 선택한 일이에요. 뭐, 보상 같은 걸 바라는 건 아닐 겁니다."

"그래요? 그러면 뭐, 우리야 마다할 이유가 전혀 없겠구먼."

허허허, 허세 소장이 목젖이 보이도록 크게 웃었다.

"네, 그러면 허락하신 걸로 알고, 이번 주부터 시작하겠습니다."

"그래그래, 진행해요, 진행해!"

그렇게 허세 소장은 흔쾌히 미연이의 요청을 허락해 주었다.

며칠 후, 합창 연습실.

헤매이며 울었던 슬픈 잠에서 깨어 ♬♬♪
너를 잃은 아픔에 고개 숙이고 ♪♪♪♬
다시 돌아오는 길은 왜 이리 먼지 ♪♬
정적만이 나를 감싸네 ♬♪

"와! 강민우 로커님! 이거 진짜 우리 노래예요?"

"맘에 드십니까?"

팅팅팅, 미연의 부탁으로 강민우가 노래를 만들어 와 기타 연주를 곁들여 미연에게 들려줬다.

중독성 있는 멜로디에 애절한 가사가 담긴 멋진 곡이었다.

"맘에 들다마다요! 인트로는 엄청 감상적이고, 벌스1하고 벌스2가 묘하게 분위기가 달라요! 벌스1은 되게 애틋한데, 벌스2는 몽환적이이예요! 정말 최고예요, 강 로커님!"

강민우가 만든 노래를 들은 미연의 얼굴에 웃음꽃이 피었다.

그녀는 연신 쌍따봉을 날리며 좋아라 했다.

"좋아해 주시니 다행이네요."

강민우가 입가에 엷은 미소를 띠었다.

"정말! 이 노래 미쳤는데요? 여기 코러스 파트는 우리 콩콩이 삼총사가 맡으면 딱일 것 같고, 제1벌스는 강 로커님이, 제 2벌스는 김범식 아저씨가 메인 보컬로 맡아 주시면,

이건 완전 환상이에요!"

"그래요? 선생님이 잘 조합해 보세요."

"네네. 그나저나 어쩌죠? 저, 좀 걱정되는데?"

"네? 무슨 걱정요?"

"우리 이번에 정말 1등 하면 어쩌죠? 심장마비 걸릴 것 같
은데?"

후우, 미연이가 심장에 손을 얹어 놓으며 깊게 숨을 내쉬
었다.

"후후후, 미연 씨를 보면 참 기분이 좋아져요. 이 어두컴
컴한 곳이 환해질 정도니까. 묘한 매력이 있으세요."

"정말요?"

"그럼요."

"강 로커님의 칭찬이라 더 좋네요. 감사합니다!"

미연이 양손을 배꼽에 가지런히 모아 강민우에게 인사했
다.

"우리 모두, 미연 씨 같은 분을 알게 되어서 얼마나 좋은
지 몰라요."

"흐흐흐, 감사합니다, 로커님! 저도 우리 드리미 멤버들을
알게 되어서 행복하답니다!"

맞다.

별거 아닌 일도 별거로 만드는 그녀.

미연이는 언제나 사람을 행복하게 만드는 마술 같은 존재

였다.

아무튼 그렇게 강민우가 만든 '그대라는'이란 제목의 록발라드곡이, 우리 합창단 드리미의 출품곡으로 선정되었다.

♥

합창단 연습실.

"강민우 로커님! 지금도 너무 좋은데, 조금만 더 애절했으면 좋겠어요!"

"네, 알아 모시겠습니다!"

거친 늑대 같던 강민우는, 신기하게도 미연 앞에서는 온순한 강아지가 되어 버렸다.

"콩콩이 삼총사! 김범식 아저씨 목소리가 묻히잖아요! 코러스는 스며들어야지, 도드라지면 안 되거든요!"

"네, 누나!"

2주.

3주.

미연의 지도 아래 합창 연습을 시작했고, 주 2회 강도 높은 훈련(?)으로 이제는 제법 합창단의 구색을 갖춰 가고 있었다.

이제 일주일 뒤면, 대망의 합창 대회가 열린다.

"자 자! 오늘은 여기까지만 하면 될 것 같아요. 다들 수고

했어요!"

미연의 박수를 끝으로 오늘 주말 연습은 끝이 났다.

"두둥, 다음 주면 드디어 합창 대회예요. 다들 목 관리 잘하시고, 절대 담배 같은 거 피우지 마세요. 그리고 물은 되도록 미지근한 물이나 찬물 드시고요! 뜨거운 물은 성대에 별로 좋지 않아요!"

"네, 누나! 으흐흐, 저희 너무 긴장돼요!"

콩콩이 삼총사가 자신의 팔을 문지르며 몸을 부르르 떨었다.

"괜찮아! 지금까지 연습한 대로만 하면……."

쿨럭쿨럭.

그렇게 마지막 주말 합창 연습이 끝날 무렵, 강민우가 갑자기 기침을 하더니, 손수건으로 입을 틀어막으며 황급히 밖으로 튀어 나갔다.

"잠시만요!!"

나는 재빨리 강민우의 뒤를 따라가 그의 손목을 잡아챘다.

피? 이건 피가 아닌가?!

잡아챈 그의 손바닥엔 피가 묻어나 있었다.

"이, 이게 어떻게 된 겁니까?"

내 예상이 맞다면 지금 강민우는 각혈을 한 것이 틀림없었다.

"……선생님, 제발 모른 척해 주세요. 부탁합니다. 그냥 넘어갑시다, 네?"

"지금 이게 모른 척한다고 될 일이 아니지 않습니까? 당장 의무실로 갑시다. 진찰부터 해 봐야겠어요."

"네, 갈 테니까 제발, 제발 사람들한테 알리지만 말아 주십시오. 꼭요!"

강민우가 내 팔목을 부여잡고 애원했다.

"그건 모르겠고, 일단 갑시다. 의무실로."

"네, 그러면 정말 비밀을 지켜 주셔야……."

"강민우 로커님, 무슨 일이에요??"

그렇게 나와 강민우가 실랑이를 벌이는 사이 미연과 합창단원들이 뛰어나왔다.

"하, 하하, 하하하. 아무것도 아닙니다. 괜찮아요! 노래를 너무 불렀더니 목이 좀 찢어진 것 같아요. 어제부터 목이 따끔따끔하더라고요."

강민우가 피 묻은 손을 뒤로 감추며 둘러댔다.

"어머, 어떡해요! 선생님, 민우 씨 정말 괜찮으신 거예요?"

미연이 고개를 돌려 나를 쳐다봤다.

"아, 네. 괜찮을 겁니다. 일단 제가 의무실로 모시고 가서 살펴볼 테니, 걱정 마시고 간식들 드십시오. 저흰 진료 보고 다시 올게요. 정직한 교도관님이 특별히 쏘시는 거니까 맘껏 드세요."

"선생님, 메뉴가 뭡니까?"

먹깨비 김형돈이 입맛을 다시며 물었다.

"네, 치킨이라고 하던데요?"

"야호! 만세!"

김형돈이 만세를 부르며 환호했다.

"선생님, 정말 괜찮으신 거죠?"

안심이 안 되는지 미연이 다가와 반복해 물었다.

"네, 괜찮을 겁니다. 민우 씨, 가죠."

강민우가 애절한 눈빛으로 날 보며 천천히 고개를 내저었다.

"네."

교도소 의무실.

기침과 함께 피가 묻어났다는 것.

이건 분명 몸속에 뭔가 이상이 생겼다는 것을 의미했다.

"민우 씨, 손수건 좀 줘 보세요."

난 일단 강민우가 뿜어낸 피의 양상을 살펴봤다.

보통 각혈이라고 함은 두 가지로 나뉜다.

기침과 함께 선홍색 피가 섞여 나올 경우 호흡기 질환이 있다는 것을 의미했고, 구토와 함께 검붉은 색 피가 섞여 나오는 것은 토혈이라고 부르며 소화기 질환을 의심해 볼 수 있었다.

지금 강민우의 손수건에 묻어 있는 피의 색깔은 선홍색. 즉 기침과 섞여 나오는 각혈이었다.

대부분 각혈이라고 하면 결핵을 떠올리기 십상이지만, 이런 양상을 보이는 질병의 종류는 셀 수 없이 다양하다.

가장 흔한 경우인 폐결핵에서부터 시작해 기관지 확장증, 종양, 괴저, 폐암, 폐렴, 이름도 생소한 폐아스페르길루스종까지 폐와 연관된 질병과 심장판막 질환, 대동맥류 등의 심장 질환까지.

그 종류는 적게 잡아도 40여 종이나 됐다.

시간당 150밀리리터가 넘는 출혈을 할 경우, 폐포 내로 혈액이 스며들거나, 기도에서 역류해 응고되어 질식사를 유발할 수도 있었다.

다행히도 강민우는 그 정도는 아니었다.

내가 너무 안일했어! 처음 진단했을 때, 바로 병원으로 데리고 갔어야 했는데…….

그런데 너무 이상하지 않은가? 분명 내가 느낀 강민우의 온도는 그리 높지 않았어! 분명히!

"언제부터 각혈을 하신 겁니까?"

"하아, 며칠 전부터요."

"며칠 전부터라고요? 정확히 언제부터였습니까?"

"그게…… 살충제 제조 공장 사역을 나가면서부터였던 거 같아요."

"살충제 제조 공장요?"

"네, 재소자들 사회 적응 훈련이라고 비료 공장이나 플라스틱 공장 같은 데 사역 나가서 작업하거든요. 지난주부터 거길 나갔는데, 요 며칠 전부터 이렇게 기침이 나고 목에서 피가 나와요."

살충제라면 아이소시안산염이 주원료 아닌가?

그렇다면!

"숨이 많이 찹니까?"

"네, 어쩔 땐, 꼭 죽을 것같이 숨이 찹니다."

"손가락 끝 좀 봅시다."

"네, 여기요."

피부가 푸르스름하게 보이는 청색증!

그렇다면 내 예상이 거의 맞아 들어간다는 건데…….

"엑스레이부터 찍어 봅시다."

"꼭, 찍어야 합니까?"

"그걸 말이라고 하십니까? 당장 상의 탈의하시고 저기 받침대 위로 올라가세요."

"아, 네. 알겠습니다."

잠시 후.

엑스레이상에 흰색의 비정상적인 패치!

이건 폐 속에 출혈이 있었다는 것을 의미했다.

엑스레이 결과가 나왔고 난 어렵지 않게 강민우의 병을 잡아낼 수 있었다.

강민우의 병명은 DAH(Diffuse alveolar hemorrhage), 즉 미만성 폐포 출혈이었다.

미만성 폐포 출혈에는 두 가지 종류가 있는데, 하나는 염증성, 또 하나는 비염증성이었다.

강민우의 경우는 후자.

즉, 비염증성 폐포 출혈이었다.

살충제 공장에서 사용되는 아이소시안산염이란 화학물을 다량 흡입함으로써 폐의 손상이 왔고, 그로 인해 폐포 출혈이 발생한 것.

미만성이란 단어는 확산성으로 대체할 수 있는데, 아이소시안산염이 폐 속으로 들어가 확산되면서 폐포를 망가뜨려 출혈이 생긴 것이었다.

다행히 종양이나 암, 악성 결핵은 아니었으나, 최대한 빨리 치료를 받아야 할 질병이었다.

강민우의 온도를 느꼈던 그날 이후부터 살충제 공장에서 일을 했기 때문에, 미처 파악하지 못했던 내 불찰이었다.

좀 더 신경을 썼어야 했는데…….

"강민우 씨, 내일부터는 절대로 살충제 공장에 나가시면 안 됩니다. 살충제 공장에서 발생하는 화학물질이 각혈의 원인이에요."

"하아, 그렇군요. 그러면 결핵이나 뭐 그런 전염병은 아닌 겁니까?"

"네, 그런 건 아닙니다."

"다행이군요, 그나마."

후우, 강민우가 안도의 한숨을 내쉬었다.

"그렇게 마냥 안심할 상황은 아닙니다. 의무실에선 치료가 불가능하고 큰 병원으로 옮겨서 치료를 받아야 할 것 같습니다. 리툭시맙이라고 면역 체계를 억제하는 약물하고 환기기를 써야 할 것 같아요."

환기기는 호흡부전 환자의 호흡을 돕는 의료 기기였다.

"그러면 합창 대회는요?"

"지금 합창 대회가 중요한 게 아니잖습니까? 빨리 치료를 해야 합니다."

"미치겠네. 그러면 드리미 애들은요? 그럼 순남이 할머니는요? 어떻게 되는 겁니까?"

"하아…… 방법이 있겠죠."

"아뇨, 지금 방법이 없으니까 이렇게 말씀드리는 것 아닙니까? 저 혼자라면 상관없지만, 아이들의 꿈은 어떡합니까? 우리 모두 이번에 상금 받으면, 순남이 할머니 병원비로 전부 기부하기로 했단 말입니다!"

강민우가 자리를 박차고 일어났다.

"안 됩니다! 전 합창단원 단장 이전에 의사입니다. 환자를 두고 그냥 모른 체할 수가 없어요."

"선생님, 정말 부탁드립니다! 저 이번에 꼭 노래해야 해요. 정말, 죽는 한이 있어도 해야 합니다!"

강민우가 내 양손을 붙잡고 애원했다.

"도대체 그렇게 위험을 무릅쓰면서까지 노래를 해야 하는 이유가 뭡니까? 그 이유나 들어 봅시다!"

"……."

"강민우 씨! 무슨 말을 해 줘야 내가 차선책이라도 찾아보지 않겠어요?"

"정말 차선책이 있는 겁니까?"

"저, 괜한 말은 안 합니다. 그러니까 말씀해 보세요! 그 이유가 뭔지."

"사랑하는 사람이 다음 달이면 대한민국에 없습니다."

"네? 그게 무슨 말입니까?"

"……외국으로 이민을 간다고 하네요, 남편과 함께."

강민우가 힘없이 고개를 떨궜다.

"흐음, 그런 일이 있었습니까?"

"네, 제가 처음 기타를 메고 노래를 시작했을 때부터 제 곁에 있어 줬던 팬이었고, 친구였고, 연인이었어요. 그런 사람이 외국으로 떠난답니다."

"그 반지의 주인공입니까?"

난 강민우가 손가락에 끼고 있던 반지를 가리켰다.

"네, 맞습니다. 그녀에게 마지막으로 제가 노래를 부르는 모습을 보여 주고 싶어서요."

"마지막이라뇨? 출소하시고 계속 노래하시면 되잖습니까?"

"후후후, 폭력 전과자를 어떤 기획사에서 받아 주겠습니까? 게다가 성대결절도 와서 이제 제대로 노래 부르는 건 불가능합니다."

강민우가 입가에 쓴웃음을 지었다.

"아닐 겁니다. 여전히 강민우 씨 음색은 아름답고, 가창력도 녹슬지 않으셨어요. 성대결절도 잘 치료받으면……."

"네, 그건 나중 문제고요. 제 사정을 충분히 말씀드렸으니, 선생님의 차선책을 들어 봤으면 좋겠군요."

강민우는 끝까지 합창 대회를 포기할 마음이 없어 보였다.

"좋습니다. 그러면 저도 말씀드리죠. 환기기는 어쩔 수 없다 치더라도 면역억제제는 제가 어떻게든 구해 볼 수 있습니다. 그거면 며칠 정도는 견뎌 낼 수 있을 겁니다."

"네! 그거 잘되었군요!"

강민우의 얼굴에 화색이 돌았다.

"단, 조건이 있습니다. 합창단원들의 의견을 들어 봐야 할 것 같군요. 그들의 의견을 들어 보고 합창 대회를 포기하겠다면 그땐 무조건 병원에 입원하는 겁니다!"

"네, 좋습니다. 그러면 저도 조건이 있습니다. 합창단원 중 그 누구라도 합창 대회를 포기하지 않는 사람이 있다면, 그대로 갑시다. 그게 제 조건입니다."

"흐음, 네, 좋습니다. 그렇게 하죠."

♥

잠시 후, 합창단 연습실.

"민우 형! 괜찮은 거예요?"

나와 강민우가 연습실로 들어가자 콩콩이 삼총사가 달려왔다.

"어, 괜찮아. 별거 아니야."

강민우가 녀석들의 머리를 쓰다듬어 주었다.

"다행이에요. 저희가 얼마나 놀랐는데요?"

휴우, 금동, 순남, 창호 세 녀석들이 안도의 한숨을 내쉬었다.

"선생님, 강민우 로커님, 정말 괜찮으신 거죠?"

미연 역시, 근심 어린 표정으로 물었다.

"네, 크게 위험한 건 아닙니다."

"크게 위험한 건 아니라뇨?"

"네, 그렇지 않아도 합창단원 여러분들에게 드릴 말씀이 있습니다. 다들 이쪽으로 모여 주세요."

웅성웅성.

"뭐야? 무슨 일이 있는 거야?"

그러자 합창단원들이 하나둘씩 모여들었다.

"실은 강민우 씨는………."

난 단원들에게 강민우의 몸 상태를 상세히 설명했다.

"어떻게 이런 일이!"

잠시간의 침묵.

강민우가 아프다는 충격적인 소식에 연습실은 찬물을 끼얹은 듯 조용했다.

"자, 그러면 지금부터 여러분들의 의견을 듣겠습니다. 우리 어떻게 할까요, 합창 대회?"

"아쉽지만, 강민우 로커님의 건강을 위해서 포기하는 게 맞는 것 같군요."

제일 먼저, 미연이 나섰다.

"저도요! 저도 안 할래요. 상금도 중요하지만, 민우 형 건강이 더 중요해요."

진순남이 미련 없이 포기를 선언했다.

"상금 못 받아도 괜찮겠어?"

"네, 괜찮아요! 저 곧 출소니까, 나가서 열심히 일해서 돈 벌면 돼요! 지금까지 형들이랑 만나서 노래했던 것만으로도 충분합니다!"

나이답지 않게 의젓한 모습의 순남이었다.

"저도요!"

"저도 포기할래요! 민우 형 건강이 최우선이에요. 게다가 민우 형 없으면 우리 합창단은 앙꼬 없는 찐빵이나 마찬가진데, 나가서 뭐 해요!"

콩콩이 삼총사는 전원 합창 대회 포기를 선언했다.

"저도 안 할래요. 민우 씨, 대신 저 곰보빵하고 크림빵은 사 줘야 해요? 민우 씨 영치금 많잖아요."

"......"

합창단원의 뜨거운 정에 어느새 강민우의 눈시울이 붉어지는 듯했다.

"저도 포기요!"

"저도 포기합니다! 우리 합창반에 민우 씨가 없으면 무슨 의미가 있겠어요. 어차피 탈락일 텐데."

그렇게 모든 사람이 합창 대회 참가를 포기하겠다고 선언하는 그때.

"저는 절대로 이번 합창 대회, 포기 못 합니다!"

단 한 명, 김범식만이 반대 의사를 내비쳤다.

의외였다.

다른 사람들과는 다르게 특별한 이유도 없이 합창단원이 된 그가 반대를 하다니 말이다.

"범식 아저씨, 어떻게 그러실 수가 있어요! 우리는 한 팀이잖아요? 민우 형 없으면 우리도······."

그러자 콩콩이 삼총사가 자리에서 벌떡 일어나 울먹였다.

"지랄들 하고 앉아 있네."

"범식 아저씨, 무슨 말을 그렇게 하십니까? 지랄이라니요?"

먹깨비 김형돈이 얼굴을 붉혔다.

"야 이 새끼들아, 지금부터 내 말 잘 들어. 3309! 너, 할머니 약값 마련한다고 여기 들어왔지?"

김범식이 매서운 눈초리로 진순남을 응시했다.

"네에."

"그래, 그런데 여기서 끝내면? 그 약값 누가 대 준다든? 저 여자가 그 돈 대 줄 것 같아? 저 김윤찬 선생이? 아니면, 여기 교도소에서 대 준다든? 뭐, 곧 나가니까 네가 벌면 돼? 누가 너 같은 놈 취직은 쉽게 시켜 준대?"

"아, 아니, 그게 아니라······."

"병신 새끼야! 우린 그저 사회에서 쓰레기 취급받는 죄수일 뿐이야. 저 여자가 친절하게 대해 주고 올 때마다 샌드위치 만들어 준다고 우리가 사람인 줄 알고 있나 본데, 정신 차려! 그저, 우린 도구일 뿐이야. 합창 대회 나가려는 것도 교도소 평가 점수 잘 받으려고 그러는 거 몰라?"

김범식이 목에 핏줄을 세우며 목소리를 높였다.

"범식 아저씨! 무슨 말을 그렇게 하세요? 우린 한 팀이잖아요?"

"미연 선생, 이제 그만합시다. 이 정도 했으면, 당신이 할 건 다 했소. 더 이상, 저 불쌍한 새끼들 혼란스럽게 하지 마쇼. 여기서 제일 부질없는 짓이 뭔지 아쇼?"

"……."

미연이 고개를 숙인 채 울먹거렸다.

"말 못 하겠나 본데, 내가 말해 주리다. 쓸데없는 희망을 품는 거요. 저 새끼들! 가슴속에 어차피 깨질 희망 주지 말라는 거요!"

"아저씨, 저, 그게 아닌데."

미연이 김범식의 말에 눈물을 글썽거렸다.

"네, 압니다. 가식적이든, 동정심이든 지금까지 우리를 사람대우해 준 건, 미연 씨뿐이었으니까요. 그나마 그렇게 대해 준 인간들도 없었으니까."

"범식 아저씨!"

"그것만으로도 충분히 감사합니다. 그러니까 더 이상, 노력 안 하셔도 돼요. 다만, 끝까지 합창 대회에 나갈 수 있도록 해 주십시오. 부탁합시다."

"……."

"난, 혼자라도 이 합창 대회 나갈 거니까, 다들 하기 싫으면 꺼져!"

한바탕 김범식의 소란으로 합창 연습실은 찬물을 끼얹은 듯 조용해졌다.

"하하하, 다들 왜 이렇게 죽상이야? 범식 씨! 좀 오버 좀 하지 마쇼. 혼자서 무슨 합창 대회를 나가? 하면 되잖아! 누가 안 한다고 했나?"

쿨럭쿨럭, 강민우가 기침을 하며 자리에서 일어났다.

"형! 아프다면서요? 정말 괜찮아요?"

키힝, 3308 박금동이 울먹거렸다.

"안 죽어, 걱정 마. 김윤찬 선생님이 그러던데, 결핵이나 암 같은 건 아니라고 합디다. 며칠 정도는 약 먹으면 버틸 수 있다고 하네. 안 그렇습니까, 선생님?"

강민우의 말에 모든 사람의 시선에 내게로 쏠렸다.

"선생님, 정말 민우 형 말이 맞아요?"

3309 진순남이 걱정스러운 듯 물었다.

"네, 강민우 로커님의 말이 맞습니다. 지금 당장 수술이나 치료를 요할 정도로 위급하진 않아요. 다만……."

"오케이, 거기까지! 그 정도면 됩니다. 이제 며칠 안 남았는데, 3천만 원이란 거금을 놓칠 순 없죠. 우리, 한번 해 봅시다. 이렇게 하면 됐습니까, 범식 씨?"

강민우가 김범식을 보며 말했다.

"흠흠, 굳이 무리할 필요 없소. 당신 없이도 우리끼리 잘

할 수 있으니까."

어색한지 김범식이 헛기침을 했다.

"아니, 그렇게는 못 하지. 작사, 작곡 다 내가 만든 곡인데, 내가 빠지면 쓰나? 이 합창단에 내 지분이 얼만데? 목이 찢어지는 한이 있더라도 나가야죠."

"뭐, 정 그러고 싶다면 그렇게 하시든가."

"다만, 범식 씨 당신이 사과해야 할 일이 있어."

"네?"

"지금부터 내 말 잘 들어 보쇼. 지금까지 수형번호 대신 내 이름만 불러 준 사람은 저 여자뿐이었소. 나도 잊고 있던 내 이름을 말이오."

"나두!"

"저도요! 저도 제 이름을 까먹고 있었는데."

그러자 콩콩이 삼총사가 거들며 나섰다.

"그리고! 이거 좀 보십시오."

터벅터벅, 강민우가 미연에게 다가가 그녀의 손을 들어 올렸다.

미연의 팔목에 덕지덕지 붙어 있는 파스, 손가락 마디마디 박여 있는 굳은살.

밤새도록 피아노 연습을 하느라 생긴 훈장들이었다. 이 모든 것이 한눈에 들어왔다.

"당신 말대로 이미연 선생이 동정인지 가식적인지는 모르겠고, 난 내 눈에 보이는 것만 믿으니까, 이미연 선생의 이 손가락을 폄훼하진 마쇼. 적어도 난, 진심이라고 생각하고 있으니까!"

"흠흠흠."

할 말이 없는지 김범식이 헛기침만 할 뿐이었다.

"한 번만 더 가식이니 뭐니 떠들어 대면 그땐, 내가 당신 목을 비틀어 버릴 거니까, 조심하슈!"

강민우가 김범식을 향해 경고의 눈빛을 날렸다.

"강민우 로커님!"

"나도, 나도요! 미연 누나가 없었으면, 우리가 어떻게 사람 노릇 할 수 있었겠어요? 여길 보세요! 퀴퀴한 담배 냄새에 우중충했던 이곳이 이렇게 환해졌잖아요? 생전 처음 라벤더 냄새도 맡아 보고요!"

3307 김창호가 맞장구를 쳤다.

"스멜!! 맞아, 정말 먹고 싶은 냄새지."

먹깨비 김형돈이 물고기처럼 허공에 대고 입을 뻐끔거렸다.

"그러니까, 같이 가자고! 시작을 같이했으면, 끝도 같이 가야지. 김윤찬 선생이 어떻게든 합창 대회까진 내 목숨 지켜 준다고 했으니까! 안 그렇습니까, 선생님?"

"……."

그저 난, 고개만 끄덕일 수밖에 없었다.

"자 자! 좋습니다. 이제 3일 남았습니다. 미연 선생 말대로 컨디션 조절은 각자들 신경 써서 합시다. 지금부터 목은 안 쓰는 게 좋고, 자주 뜨끈한 물수건으로 목 찜질 좀 해 주면 좋을 겁니다. 우리 1등 먹으러 갑시다!"

짝짝짝, 강민우가 손뼉을 마주치며 사람들을 독려했다.

"오케바리! 1등은 당연히 우리 거죠!"

콩콩이 삼총사가 팔짝팔짝 뛰며 기뻐했다.

❤

그날 밤, 정직한 교도관이 소주 몇 병을 들고 관사를 찾아 왔다.

"김윤찬 선생, 한잔할까?"

"후후후, 좋긴 한데, 안주가 마땅한 게 없는데?"

"됐어, 이거면 충분하지."

정직한 교도관이 봉지 라면을 꺼내 보였다.

"그러네요. 수프 넣고 라면 부숴서 먹으면 이만한 안주도 없죠."

"윤찬이 네가 뭘 좀 아는구나?"

탈탈탈, 정직한 교도관이 라면 봉지를 열고 수프를 넣은 후, 잘게 부숴 댔다.

"크읍, 달달하네?"

우걱우걱, 정직한 교도관이 손등으로 입술을 훔쳐 내더니, 라면을 털어 넣고는 우적거렸다.

"오랜만에 이렇게 먹으니 별미네요."

"그렇지? 한 잔 더 해."

"네."

잠시 후.

"한바탕 시끄러웠다면서?"

그렇게 주거니 받거니 몇 잔 술을 기울인 후, 정직한이 물었다.

"네, 강민우 씨 문제 때문에요."

"그렇군. 듣자 하니 강민우가 몸이 안 좋다고 하던데, 정말 괜찮은 거야?"

쭈욱, 정직한이 소주잔을 단숨에 비우며 물었다.

"네, 일단 약물 치료를 받으면 크게 위험할 것 같지는 않아요."

"그래, 그나마 다행이군."

"강민우 씨, 합창 대회까진 외부 사역을 내보내면 안 될 것 같아요."

"그래그래, 그거야 뭐 소장님한테 말씀드리면 어렵지 않을 거야. 합창 대회라면 사족을 못 쓰는 양반이니까."

"그리고 단순히 합창 대회가 문제가 아니라, 근본적으로 해결해야 할 문제가 있습니다.”

“근본적으로? 그게 뭔데?”

“지금 강민우 씨가 앓고 있는 병은 아무래도 살충제 공장으로 사역을 나가면서 생긴 것 같아요.”

“정말이야?”

정직한이 뭔가 알고 있었다는 듯 눈썹을 꿈틀거렸다.

“네.”

“젠장맞을! 거기! 언제 문제가 터져도 이상한 곳이 아니지!”

“왜요?”

“거기 위생 상태나 작업환경이 최악이거든! 솔직히, 작업장에 들어갈 땐, 그 매캐한 냄새 때문에 숨을 못 쉬겠더라고. 얼마나 고약한지. 언제 사달이 나도 날 줄 알았어.”

“네, 맞습니다. 강민우 씨뿐만 아니라, 다른 재소자들의 건강도 위험합니다. 뭔가 조치를 취해야 해요.”

“후우, 그게 쉽지 않아.”

“네? 무슨 문제라도 있습니까?”

“우리 교도소와 거기 형진공업사는 악어와 악어새 같은 관계거든.”

정직한 교도관의 입 주위에 씁쓸한 미소가 걸렸다.

“공생 관계라는 건가요?”

“그래, 거기 형진공업사 사장이 허 교도관하고는 형, 동생

하는 사이거든. 사회 적응 훈련이란 명목하에 재소자들 데려다 공짜로 부려 먹고……."

"허세 소장은 뒷돈 챙기고요?"

"뭐, 이 바닥이 다 그런 거 아니겠어?"

"빌어먹을! 이런 걸 두고 묘서동처(猫鼠同處)라고 하나요?"

"묘서동처? 그게 무슨 말이지?"

"음, 고양이랑 쥐 새끼가 한패라는 뜻이죠. 아무래도 우리 미남이를 풀어놔야 할까 봐요."

"아, 그게 그런 뜻이었나? 그러게 말이야. 미남이면 잘할 수 있을 것 같기도 하고."

쭈욱, 정직한 교도관이 술을 빨아들였다.

"이대로 놔뒀다가는 거기서 일하는 재소자들 폐, 전부 망가질 겁니다. 더 이상 그대로 놔둬서는 안 될 것 같아요."

"그래, 네 말은 충분히 이해가 가지만, 섣불리 덤비면 곤란해."

"누가 제가 나선다고 했습니까?"

"그러면?"

"형님, 혹시 회사반이라고 아세요?"

"회사반? 그게 뭐지?"

"소매치기 전담반 형사요."

"아……."

"저도 콩콩이 삼총사한테 배운 건데, 소매치기들이 가장

빵빵빵日
리턴즈

무서워하는 게 회사반이라고 하더라고요. 그 저승사자를 출동시킬 때가 된 것 같아요."

"그, 그래?"

"네네, 그러니까 형님은 벙카나 잘 좀 쳐 주십시오. 교도소 측에서 눈치채지 못하도록요."

"벙카? 그건 또 뭐야?"

정직한 교도관이 고개를 갸웃거렸다.

"일종의 도우미죠. 일꾼이 소매치기 잘할 수 있도록, 피해자 양복 주변에 서류 봉투를 대 주는 거죠."

"미치겠네. 김윤찬 선생, 나가서 실전 뛰어도 되겠어?"

"헐, 그 정도는 아니고요. 아무튼, 자료는 충분히 확보되었으니, 이번 합창 대회 끝나고 한 번에 몰아쳐야 할 것 같아요."

"흐음, 그래. 나도 힘닿는 데까지 도움세."

"네, 감사합니다. 그나저나 김범식 씨요."

"3100이 왜?"

"하아, 좀 궁금한 게 있어서요."

"왜, 3100이 무슨 말썽이라도 피웠나?"

쭈욱, 김범식이란 말에 정직한 교도관이 단숨에 소주잔을 비워 버렸다.

"아뇨, 그렇게 심각한 건 아닌데, 왜 그렇게 필사적으로 합창 대회에 나가려는 건가요?"

"음…….."

또르르, 그러자 정직한 교도관이 또다시 소주잔에 술을 채웠다.

"제가 볼 땐, 분명 무슨 이유가 있는 것 같은데."

"그런 거 없을 거야. 뭐, 그냥 노래를 부르고 싶어서겠지. 3100도 예전에는 무명 가수였다고 하더군."

"무명 가수요?"

"그래. 그나마 강민우는 대중에게 많이 알려진 스타지만, 3100이 가수라는 걸 알고 있는 사람은 아무도 없잖아."

"글쎄요. 김범식 씨가 부른 '이별 그 후'란 노래는 나도 좋아하는데?"

"어라? 김 선생, 알고 있었어?"

깜짝 놀란 정직한 교도관이 눈을 깜박거렸다.

"당연하죠. 노래 듣고 단번에 알았죠. 김범식 씨 음색이 좀 특이해요?"

"그것참! 김범식 노래를 알고 있는 사람이 다 있군."

"생각보다 팬이 많을 겁니다."

"그럼 왜 모른 척했던 거야?"

"뭔가 사연이 있을 거라 생각했죠. 김범식 씨 본인이 스스로 밝히지 않는데 제가 굳이 그럴 필요도 없었구요."

"그래, 아마도 그래서 강민우 얘기만 나오면 과민 반응을 보이는 걸지도 몰라. 똑같이 무명 가수로 시작했는데, 누구는 뜨고 자기는 이 모양 이 꼴이니 말이야."

"……"

"괜한 열등감 같은 거 아니겠냐? 그러니까, 윤찬이 네가 잘 좀 보살펴 줘."

정직한 교도관은 끝까지 김범식을 감싸고돌았다.

"아뇨, 내가 볼 땐, 그런 거 아닌 것 같은데요?"

다음 권으로 이어집니다

짐승 같은 뉴비

예정후 퓨전 판타지 장편소설

모든 게이트 공략법은 머릿속에 있다!
절대자 뉴비(?)가 휘두르는 격노의 철권鐵拳!

차원 역류에 휘말려 야수계로 떨어진 최원호
야수계의 수왕獸王이 되어
게이트 사태를 수습하고
거신의 조각을 얻어 지구에 돌아오니……

레벨이 다시 1?

무리한 마나 운용으로 폐인이 된 동생
의식불명, 행방불명에 사망까지 한 친구들
신인류라 주장하는 테러리스트의 위협까지……

모든 걸 돌려놓아야 한다, 게이트 사태 이전으로!

야수계의 구원자, 최원호
업적을 복구해 지구를 구하라!

0레벨
플레이어

송치현 퓨전 판타지 장편소설

『검마왕』『1레벨 플레이어』의 작가 송치현
이번엔 0레벨이다!

힘겹게 마왕을 무찌르자마자
스킬을 카피한다는 이유로 배신당한 현수
최후의 스킬로 회귀하다!

배신자들의 기연과 스킬을 빼앗아
복수와 전쟁을 끝내고 지구로 돌아가겠다!
그러기 위해서는……

[레벨이 0으로 하락하였습니다.]
[스킬이 강화되었습니다.]
[스텟이 누적되었습니다.]

"이제 다시 레벨 업을 해 볼까?"

레벨은 필요 없다, 무한 성장으로 승부한다
쪼렙일수록 강해지는 0레벨 플레이어!

하북팽가 검술천재

이도훈 신무협 장편소설

정마 대전의 영웅, 무無부터 다시 시작하다!

목숨 바쳐 싸웠음에도
가차 없이 '팽' 당했던 광귀, 팽한빈.

현세와 작별까지 고했는데…… 어라?
눈 떠 보니 20년 전?
심지어 '하북 최고의 겁쟁이' 시절로 회귀했다?

[용안龍眼으로 구결을 확인하시겠습니까?]

흩어진 구결을 다 모아 비급을 완성한다면
하북 최강이 되는 것도 시간문제!
겁쟁이보단 망나니가 낫겠지!

팽가의 수치가 도, 아니 검술천재로 돌아왔다!

꿈의 도약, 로크에서 하십시오
(주)로크미디어에서 신인 작가를 모십니다

즐거운 세상, 로크미디어는 꿈을 사랑하고 도전을 두려워하지 않는 작가 분들의 참신한 작품을 기다리고 있습니다. 21세기 장르 문학계를 이끌어 갈 차세대 선두 주자 (주)로크미디어에서 여러분의 나래를 활짝 펴 보시길 바랍니다.

모집 분야 판타지와 무협을 포함한 장르 문학
모집 대상 아마추어 작가, 인터넷 작가
모집 기한 수시 모집

작품 접수 시 유의 사항
1. 파일명은 작가명_작품명.hwp형식을 갖춰 주십시오.
1. 파일에 들어갈 내용은 다음과 같습니다.
    － 성명(필명인 경우 실명을 밝혀 주세요), 연락처, 이메일 주소
    － 제목, 기획 의도
    － A4용지 1장 분량의 등장인물 소개
    － A4용지 2장 분량의 전체 줄거리
    － 본문
1. 작품이 인터넷에 연재되고 있다면, 게시판명과 사이트의 구체적이고 정확한 주소를 기재해 주십시오.

선택된 작품은 정식 계약 후 출판물로 간행되어 전국 서점에 유통됩니다.
작가 분은 (주)로크미디어의 전폭적인 지원하에 전속 작가로 활동하시게 됩니다.
※ 자세한 내용은 로크미디어 홈페이지(rokmedia.com)를 참조하세요.

(03920)서울시 마포구 성암로 330 DMC첨단산업센터 3층 318호
(주)로크미디어 편집부 신간 기획 담당자 앞
전화 : 02) 3273 - 5135
www.rokmedia.com   이메일 : rokmedia@empas.com

만렙닥터

13월생 현대 판타지 장편소설

리턴즈

魔帝 南宮

남궁마제

문운도 신무협 장편소설

회귀한 뇌왕, 가족을 지키기 위해
정파의 중심에서 제대로 흑화하다!

세상을 뒤집으려는 귀천성에 맞서 싸우다
가족을 모두 잃고 제물로 바쳐진 뇌왕 남궁진화
마지막 순간 원수의 뒤통수를 치고 죽으려 했으나
제물을 바치는 진법이 뒤틀리며 과거로 회귀하다!?

남궁세가의 양자가 된 어린 시절로 돌아온 후
귀천성이 노리는 자신의 체질을 연구하다 기연을 얻고
회귀 전과 다른 엄청난 미모와 함께
뇌전의 비밀마저 알아내 경지를 뛰어넘는데……

가족들에게는 꽃처럼 사랑스러운 막내지만
적이라면 일단 패고 보는 패악질의 끝판왕!
귀천성 패러잡기에 나서다!